SUR

LA TRANSPOSITION,

Par M. DELÉZENNE,

Membre de la Société des Sciences, de l'Agriculture et des Arts,
de Lille.

Extrait des Mémoires de cette Société.

LILLE,

IMPRIMERIE DE L. DANEL, GRAND'PLACE.

1854.

SUR LA TRANSPOSITION.

Je ne trouve presque rien sur la transposition dans les plus
volumineux dictionnaires de musique , ni même dans les traités
d'harmonie que j'ai pu consulter. Rien non plus dans la plupart
des solféges : la briéveté ordinaire de ces sortes d'ouvrages
permet à peine d'effleurer un sujet. Enfin , l'inutilité de mes
recherches me fait penser qu'il y a là une lacune à combler dans
l'enseignement élémentaire. J'ai donc essayé d'établir et de
démontrer des règles exactes pour tous les cas et spécialement
pour le cas compliqué des notes accidentelles dans le ton d'où
l'on sort. Il y a même sur ce point de graves erreurs à corriger.
Ces règles exigent la connaissance des clefs , et leur mécanisme
lui-même est imparfaitement expliqué dans les auteurs. M.
Suremain-Misséry seul , à mon avis , a méthodiquement exposé
ce mécanisme, dans l'ouvrage qu'il a publié en 1793. J'ai refait à
ma manière cette exposition du système des clefs. J'aurais mieux
fait peut-être de copier textuellement mon modèle.

Tout ce que je dis sur la transposition résulte de la seule
inspection du tableau des gammes tel que je l'ai donné et expliqué
dans ma notice sur le RÉ. Ce tableau rend également compte de
certains faits musicaux qui n'ont pas encore été étudiés que je
sache du point de vue où je me suis placé. L'examen de ces faits
vient après l'explication du système des clefs ; je finis par la
transposition , sujet principal de cet écrit.

SYSTÈME D'ÉCRITURE MUSICALE.

Le but qu'on se propose en cherchant un système d'écriture musicale est de trouver un moyen très-simple pour indiquer tout à la fois la note à faire entendre, l'octave à laquelle elle appartient en prenant pour première octave celle dont l'*ut* est de 32, 64, ou 128 oscillations par seconde, et enfin le temps pendant lequel cette note doit être entendue.

Bien que les mots *ut*, *ré*, *mi*, *fa*, *sol*, *la*, *si* soient très courts, ils offrent des signes réellement trop compliqués, et ils seraient avantageusement remplacés par les signes respectifs 1, 2, 3, 4, 5, 6 et 7, au-dessus et au-dessous desquels on mettrait des points pour indiquer le numéro de l'octave à laquelle chaque son correspondrait. Ces points et les signes ♯ et ♭, placés comme de coutume compliqueraient peu ces chiffres très simples et bien significatifs ; mais on éprouverait des difficultés pour indiquer par d'autres modifications également simples la durée de ces notes (*a*).

On a atteint le but par un système d'écriture analogue à celui en usage dans l'arithmétique, où le même signe placé à une, deux, trois ou quatre places au-delà d'une autre prend une signification particulière. On est donc convenu de n'employer qu'un caractère, unique pour toutes les notes, mais variable dans sa forme pour marquer la durée, et variable dans sa position pour indiquer l'espèce de note et le numéro de l'octave. Néanmoins, pour qu'on puisse au simple coup-d'œil déterminer la place relative qu'occupe un signe, on marque toutes les places par des lignes parallèles et

---

(*a*) Ces difficultés ont été heureusement levées par un amateur distingué de notre ville. Les résultats pratiques sont des plus remarquables ; mais ici il ne peut être question que du système d'écriture généralement usité et auquel doivent aboutir toutes les méthodes d'enseignement.

leurs interlignes. L'ensemble de ces lignes parallèles s'appelle *portée;* et comme la forme du signe à écrire sur ou entre les lignes de la portée est tout-à-fait arbitraire, on a adopté le signe très simple *O*.

On peut donc écrire, comme le montre la figure 1, les notes des gammes successives, supposées de même durée, en allant de bas en haut, du grave à l'aigu.

La durée d'une note, dans une pièce de musique, n'est jamais qu'une partie aliquote très-simple d'une durée plus longue, et cette partie aliquote est toujours 2, 3, 4, 6 ou 8. Ainsi, par exemple, la note *O* est celle du morceau qui doit avoir la plus longue durée, comme de 8 secondes, par exemple ; on l'appelle une ronde, parce qu'en effet elle a la forme ronde. Pour indiquer une durée moitié moindre, on modifie sa forme comme il suit :

♩ ou ρ, et alors on l'appelle une blanche. Pour une durée

égale à la moitié de la blanche ou égale au quart de la ronde, on

écrit ♩ ou ρ, et ce signe est une noire.

Pour la note qui doit avoir une durée moitié de la noire, quart

de la blanche, huitième de la ronde, on écrit ♪ ou ♪ . C'est

une croche. La double, la triple, la quadruple croche, dont la durée n'est que la moitié, le quart, le huitième de celle de la simple croche, se marque ainsi ♬, ♬, ♬, etc.

Pour indiquer que la durée ordinaire d'une note doit être prolongée d'une moitié de cette même durée, on écrit un point à la droite, ainsi : ○·, ρ·, ♪· , etc.

On a également adopté des signes très-simples pour indiquer des silences de diverses durées, et d'autres signes aussi très-simples pour indiquer d'autres circonstances énumérées dans les solféges.

Le dièse et le bémol sont annoncés par le signe ♯ et ♭ mis à côté de la note qui, sans changer de place sur la portée, change un peu de gravité ou d'acuité et d'un intervalle que j'ai déterminé ailleurs.

Pour ne pas m'engager dans des détails qui m'éloigneraient trop de mon but, je ne parlerai pas de la mesure et des diverses manières de la subdiviser.

Revenons donc à la portée et cherchons à déterminer le nombre des lignes qui doivent la composer pour qu'elle reçoive toutes les notes que peuvent faire entendre les voix d'hommes et de femmes, depuis la plus grave jusqu'à la plus aiguë. L'étendue générale de ces voix est de trois octaves et demie, ou de vingt-quatre degrés diatoniques, depuis le *fa* grave de 171 oscillations par seconde jusqu'au *si* aigu de 1920 oscillations. Ce *fa* grave est identique avec celui que font entendre les trois quarts de la grosse corde d'un violoncelle, corde qui, entière et à vide, donne un *ut* de 128 oscillations par seconde. La portée générale doit donc avoir douze lignes, ainsi que le montre la figure 2.

Les voix les plus graves parmi celles des hommes chantent les notes placées sur ou entre les lignes inférieures de cette sorte d'échelle générale. Les voix les plus aiguës dés femmes chantent les notes qui occupent les derniers échelons ; enfin il est des voix d'hommes et des voix de femmes qui chantent les notes placées sur les lignes intermédiaires. Ces voix sont dans le médium. L'*ut* sur la sixième ligne est l'*ut* médium. D'après cela, il n'est pas nécessaire d'employer toute cette portée de douze lignes pour écrire les notes que pcut chanter soit une voix grave, soit une voix médium, soit une voix aiguë. Or, l'étendue ordinaire et individuelle de la voix ne dépasse guère une octave et demie; par conséquent il suffit d'une portée de cinq lignes pour écrire la musique que peut chanter une voix humaine ; mais au commencement de cette portée il faudra écrire un signe qui fasse connaître quelle est la partie de l'échelle générale qui a fourni cette portée de cinq lignes. Cela est nécessaire pour donner aux sons placés sur cette portée particulière le degré d'acuité qu'ils ont dans l'échelle générale ou portée de douze lignes ; cela est d'autant plus nécessaire encore que d'autres voix, chantant sur d'autres portées, peuvent avoir à se mêler à celle qui chante sur cette portée particulière. Et comme il y a beaucoup de voix intermédiaires entre la plus grave et la plus aiguë, et que toutes ont à-peu-près la même étendue, on voit qu'il faut diviser la portée générale de douze lignes en portées particulières de cinq lignes.

La figure 2 montre que la portée générale de douze lignes peut se diviser en huit portées différentes de cinq lignes chacune ; il reste donc à faire choix d'un signe qui indique spécialement telle ou telle de ces huit portées.

La première ligne, la ligne inférieure de chacune des sept premières portées, contient une note différente. En écrivant donc le nom de cette note sur la première ligne de sa portée, cela suffirait pour éviter toute confusion et cela suffirait aussi pour déterminer les noms des notes sur ou entre les lignes de la portée ; seulement, la première et la huitième portée ayant également un *sol* sur la première ligne, il y aurait ambiguité ; mais il est évident que cette ambiguité disparaîtrait si l'on écrivait, par exemple, le mot *la* sur la cinquième ligne de cette huitième portée.

Ce que je viens de dire de la première ligne de chaque portée s'applique aux autres lignes et aux espaces. Il conviendrait, en suivant cette idée, de choisir la troisième ligne, celle du milieu, et d'y écrire les mots :

ré   fa   la   ut   mi   sol   si   ré.

D'autres moyens se présentent comme d'eux-mêmes pour arriver au but ; mais je passe de suite à celui qui a été adopté.

On a choisi les notes *fa* , *ut* , *sol* , qui se suivent de quinte en quinte, pour désigner sans confusion et séparément les huit portées de cinq lignes.

La note *fa* est sur la 4.e ligne de la 1.re portée; donc pour toute musique écrite sur une portée de cinq lignes et destinée à être chantée par une voix très-grave , on indiquera cette portée par le mot FA écrit sur la 4.e ligne. — Au lieu du mot FA , on est convenu d'employer le signe ℈ placé sur la 4.e ligne.

Le même signe ℈ placé sur la 3.e ligne indiquera la 2.e portée.

Par la même raison , le mot UT placé sur la 4.e, 3.e, 2.e, 1.re ligne d'une portée, indiquera respectivement la 3.e, 4.e, 5.e, 6.e portée de l'échelle générale.

Enfin le mot SOL écrit sur la 2.e, 1.re ligne d'une portée indiquera respectivement la 7.e, 8.e portée.

Au lieu des mots UT et SOL on emploie les signes ⑂ et ♬ et ces signes avec celui ℈ de FA se nomment CLEFS. (fig. 2)

Il y a donc deux clefs de FA , quatre clefs d'UT et deux clefs de SOL , en tout 8 clefs parce qu'il y a 8 portées , la même clef ne pouvant servir pour des portées différentes qu'en changeant de place.

Pour ne pas s'assujettir à avoir sans cesse sous les yeux la figure 2 , il importe de se mettre dans la mémoire la relation qui existe entre le numéro de la ligne de chaque clef et le numéro de la portée correspondante. Il faut donc se souvenir que :

1.º Le numéro de la ligne d'une clef de FA et le numéro de la portée correspondante font ensemble le nombre 5.

2.º La somme analogue pour les clefs d'UT est 7.

3.º La somme analogue pour les clefs de SOL est 9.

Les sommes étant   5   7   9

Les clefs sont   FA   UT   SOL

D'une somme retranchant le numéro de la ligne d'une clef , le reste est le numéro de la portée

D'une somme retranchant le numéro d'une portée , le reste est le numéro de la ligne de cette clef.

Une clef d'*ut* est-elle sur la troisième portée ? de 7 j'ôte **3** , le reste **4** me dit que cette clef d'*ut* est sur la quatrième ligne.

Une clef d'*ut* est sur la deuxième ligne : de 7 j'ôte **2**, le reste **5** me dit que cette clef d'*ut* est sur la cinquième portée.

Une clef de *fa* est sur la deuxième portée : de 5 j'ôte **2** , le reste **3** me dit que cette clef est sur la troisième ligne. — Et ainsi des autres.

Ainsi , avoir dans la mémoire les trois nombres **5   7   9** et les notes correspondantes **FA   UT   SOL** dispense d'avoir sous les yeux la figure **2**.

Au surplus , pour venir en aide à la mémoire du lecteur, je désignerai les diverses clefs par le nom de la note suivi d'un premier chiffre indiquant le numéro de la ligne et d'un second chiffre indiquant le numéro de la portée. Ainsi FA **32** indiquera la clef de *fa* sur la troisième ligne de la deuxième portée, UT **43** indiquera la clef d'*ut* sur la quatrième ligne de la troisième portée : et ainsi des autres. La somme des deux chiffres sera **5** pour les clefs de **FA** , **7** pour les clefs d'**UT** et **9** pour les clefs de **SOL**.

Remarquons que les notes de la première portée , celle de la clef de **FA** sur la quatrième ligne , sont disposées sur les lignes et les interlignes ou *espaces* , comme le sont celles de la dernière portée indiquée par la clef de **SOL** sur la première ligne. Pour cette huitème portée , *fa* est donc aussi placé sur la quatrième ligne, et ainsi on pourrait , pour cette huitième portée , se servir encore de la clef de **FA** , avec la précaution de la faire précéder du chiffre **2** pour annoncer la huitième portée ; ou plutôt que les notes sont de *deux* octaves plus élevées que celles de la première portée sous la même clef de **FA** , quatrième ligne.

Comme il n'y a que sept notes dans la gamme , il ne peut y avoir que sept portées sur lesquelles les notes soient différemment distribuées. La huitième portée n'est donc que la reproduction de la première élevée de deux octaves. Une neuvième portée , une dixième, une onzième.... reproduirait la deuxième, la troisième, la quatrième.... élevée de deux octaves.

De même, une portée au-dessous de la première reproduirait la septième abaissée de deux octaves. Une de plus reproduirait la sixième ; une de plus encore reproduirait la cinquième.... et ainsi de suite.

Il est évident , à l'inspection de la figure 2 , que l'on pourrait se borner aux deux clefs de FA et de SOL , savoir

4 clefs de FA sur les lignes	4	3	2	1
pour les portées	1	2	3	4
et 4 clefs de SOL sur les lignes	4	3	2	1
pour les portées respectives	5	6	7	8

Il est évident encore qu'une seule clef d'UT pourrait suffire ;

on la mettrait sur les interlignes		2	et	1
pour les portées respectives		1	et	2
sur les lignes	4	3	2	1
pour les portées	3	4	5	6
sur les interlignes		3	et	2
pour les portées		7	et	8

Les sons graves se reconnaîtraient par la clef placée sur les espaces au bas de la portée , les sons aigus par la clef posée sur les espaces au haut de la portée. Les sons seraient dans le médium pour la clef posée sur une ligne.

Une seule clef de SOL pourrait encore suffire en la mettant

sur les interlignes	4	3	2	1
pour les portées respectives	1	2	3	4
et sur les lignes	4	3	2	1
pour les portées	5	6	7	8

En un mot , chacune des sept notes de la gamme peut être plus ou moins commodément celle d'une seule clef pour les huit portées. La note *sol* serait une des plus commodes. Au surplus, si j'entre dans ces détails, c'est pour montrer que le choix est arbitraire et que celui qu'on a fait des clefs de FA, d'UT et de SOL, n'est ni indispensable ni le meilleur.

Une portée générale de 12 lignes, partagée en 8 portées de 5 lignes, suffit aux besoins musicaux des voix, et même aux besoins de beaucoup d'instruments qui se rapportent à des clefs ou portées différentes ; mais il existe aujourd'hui des instruments dont l'étendue est très-considérable, comme le piano à 6 et même 7 octaves, et surtout l'orgue dont l'étendue va jusqu'à 8 et même 9 octaves. Cependant on n'a pas jugé nécessaire d'étendre davantage l'échelle générale de douze lignes. En effet, pour les parties graves de l'orgue et du piano et que l'on joue de la main gauche, on écrit la musique sur la clef de FA 41, et pour les notes plus graves que le *fa* placé sous la portée on met de courtes lignes supplémentaires dont le nombre croît avec la gravité des sons. Quant aux sons plus aigus que le *la* sur la cinquième ligne de la première portée, on les écrit sur des lignes supplémentaires au-dessus de la portée et en nombre suffisant.

Pour les parties aiguës de ces instruments et que l'on joue de la main droite, on les écrit sur la clef de SOL 27, et les notes plus graves ou plus aiguës que celles que peut contenir cette portée, sont écrites sur ou entre de semblables lignes supplémentaires.

Toutefois, si les sons deviennent plus graves de deux octaves que ceux de la portée sous la clef de FA, on les écrit sur la portée même, en indiquant par un signe qu'il faut les faire plus graves de deux octaves. Il en est de même, et cela arrive souvent, pour les sons de deux octaves plus aigus que ceux de la 7.e portée : on les écrit sur la portée avec l'attention d'indiquer par un signe qu'il faut faire entendre des sons plus aigus de deux octaves.

On voit bien que par ce moyen il n'y aura jamais plus de six lignes supplémentaires à écrire au-dessus ou en-dessous d'une portée quelconque.

Ainsi, pour les instruments les plus étendus, les seules clefs de FA 41 et de SOL 27 suffisent à tous les besoins. Les autres clefs sont appropriées aux voix et aux instruments bornés, les notes ne dépassent pas plus la portée d'un côté que de l'autre. Toutes les clefs sont utilisées dans la transposition.

Revenons encore aux huit portées et aux clefs qui les distinguent.

Supposons qu'un morceau soit écrit sur la première portée, à la clef de FA 41, que les notes remplissent toute cette portée et même quatre lignes supplémentaires au-dessus. On voit par la figure 2 qu'il serait alors plus commode, pour éviter les lignes supplémentaires qui se multiplient au-dessus de la portée, de transposer le morceau, de le copier sur la clef d'UT, 4.ᵉ ligne, pour adopter la 3.ᵉ portée. Alors on n'aurait plus que deux lignes supplémentaires au-dessus de la portée et autant au-dessous.

De même si un morceau est écrit sur la clef de SOL 27 et si les notes ne dépassent pas la portée par le haut, mais la dépassent par le bas de deux lignes supplémentaires, on voit que pour réduire ces deux lignes à une seule en bas et une en haut, il suffit de copier le morceau sur la clef d'UT 16.

Si les lignes supplémentaires étaient au-dessous de la première portée ou au-dessus de la huitième, comme on ne pourrait pas alors changer de clef, puisqu'il n'y en a pas au-dessous de celle de FA 41 ni au-dessus de celle de SOL 18, il faudrait conserver ces lignes supplémentaires.

Au premier abord, il semble que la lecture de la musique doive être rendue très-difficile par la complication de ces fragments de lignes et qu'on retombe ainsi dans les difficultés qu'on a voulu éviter par l'usage des clefs; il en serait ainsi, en effet, si ces lignes étaient longues, s'il fallait les compter ou aller de l'une à l'autre pour découvrir le nom de la note. Ce n'est point ainsi qu'on arrive au résultat; c'est l'image, le dessin que forment avec

la note ces bouts de lignes supplémentaires qui rappellent le nom
de la note. Par exemple, il y a cinq lignes supplémentaires au-
dessus de la 8.ᵉ portée et une note sur la dernière de ces cinq
lignes. Il suffit d'avoir reconnu une fois pour toutes que cette
note est un *ré* pour qu'à l'avenir on reconnaisse ce *ré* au dessin
fait par les lignes et la note. C'est même ainsi que nous lisons
dans un livre ; ce n'est pas en reconnaissant une à une les lettres
du mot *Constantinople* que nous lisons ce mot, c'est plutôt par la
figure, le dessin qui résulte de l'ensemble de ces lettres que nous
nous déterminons à prononcer le mot.

Quand un morceau est écrit avec une gamme principale dont
quelques notes sont diésées ou bémolisées, comme, par exemple,
la gamme majeure de *mi*, dont les quatre notes *fa*, *ut*, *sol*, *ré*
sont diésées, ou la gamme du *ré* bémol dont les cinq notes *si*, *mi*,
la, *ré*, *sol* sont bémolisées, on n'écrit pas les signes ♯, ♭ indi-
catifs du dièse et du bémol en avant de chacune de ces notes dans
la portée ; on les écrit une fois pour toutes à la suite de la clef et
sur les lignes ou espaces occupés par ces notes, de sorte que sur
la portée on ne voit que des notes à l'état naturel. Les signes ♯, ♭,
ainsi écrits constituent l'*armure* de la clef. Lorsque par exception
quelqu'une de ces notes diésées ou bémolisées par l'armure doit
être exécutée à l'état naturel, on met au-devant d'elle le signe
bécarre ♮ qui détruit momentanément l'effet du dièse ou du bémol
de la clef. Si au contraire quelque note naturelle du ton principal
doit être exceptionnellement, *accidentellement* diésée ou bémolisée,
on met le signe ♯ ou ♭ devant cette note et ce signe s'applique
aux notes pareilles de la même mesure. *Armer la clef*, c'est donc
y écrire les dièses et les bémols du ton principal. Les signes ♯,
♭ et ♮ qu'on rencontre dans le cours du morceau sur les notes
de la portée sont des *signes accidentels*, et les notes qui les portent
sont dites elles-mêmes des *notes accidentelles*. Les notes accidentelles annoncent souvent un changement de ton passager.

Nota. A droite de la figure 2 j'ai écrit les nombres d'oscillations
qui correspondent aux diverses notes de l'échelle générale.

Si l'on calcule les notes qui se succèdent de quinte en quinte au-dessus et au-dessous de l'*ut* de départ, on trouve la série suivante qu'il faut lire de gauche à droite pour avoir les quintes en montant, et de droite à gauche pour avoir les quintes descendantes. Pour distinguer ces dernières et éviter la confusion, on les marque du signe — .

..... —6 *si*$_{♭♭c}$—5 *fa*$_{♭c}$—5 *ut*$_{♭c}$—4 *sol*$_{♭c}$—3 *ré*$_{♭c}$—3 *la*$_{♭c}$—2 *mi*$_♭$—2 *si*$_♭$— *fa*   *ut*
ut sol ré^c 2 *la*^{c} 3 *mi*^{c} 3 *si*^{c} 4 *fa*$^{♯c}$ 5 *ut*$^{♯cc}$ 5 *sol*$^{♯cc}$ 6 *ré*$^{♯cc}$.........

Les chiffres ou coefficients sont les numéros des gammes montantes ou descendantes où se trouvent les notes. (Voir la notice sur le RÉ.)

En faisant rentrer ces notes dans l'intervalle d'une octave et ne tenant pas compte des commas qui élèvent les unes et abaissent les autres, on aura :

...... *sol*$_♭$ *ré*$_♭$ *la*$_♭$ *mi*$_♭$ *si*$_♭$ *fa*   *sol ré la mi si fa*$^♯$.........

Ce sont là les toniques des treize gammes usitées en mode majeur. C'est dans cet ordre que j'ai écrit les gammes majeures du tableau A. Ce tableau peut être indéfiniment prolongé par le haut et par le bas. Il contient dans chaque ligne horizontale les gammes relatives des trois modes. J'y ai fait figurer le mode mixte pour mémoire et parce que l'usage en est fréquent, bien qu'il ne soit jamais principal.

Les gammes en mode majeur s'exécutent sans modification soit en montant, soit en descendant. Il n'en est pas de même des gammes mineures et mixtes ; en montant on hausse souvent d'un demi-ton mineur les deux dernières notes, afin que la dernière, devenant par là note sensible, appelle la tonique à un demi-ton majeur au-dessus d'elle. Cette modification s'opère rarement en descendant ces gammes. Ces changements n'étant qu'accidentels, les trois gammes relatives ont à la clef les mêmes dièses ou les mêmes bémols, puisqu'elles sont composées des mêmes notes rangées seulement dans un ordre diatonique différent.

Les gammes formant les trois groupes supérieurs et les trois groupes inférieurs du tableau ne sont point usitées, d'abord parce qu'étant fort compliquées d'accidents elles sont d'une exécution difficile , ensuite parce qu'elles sont inutiles ou superflues comme je vais le faire voir. On aperçoit déjà que les gammes majeures usitées de *fa* dièse et de *sol* bémol n'en font pour ainsi dire qu'une seule , car elles ont le même nombre d'accidents à la clef et les toniques ne diffèrent que d'un comma. Il est donc indifférent d'employer l'une ou l'autre de ces deux gammes. Néanmoins , elles peuvent avoir un caractère sensiblement différent dans l'exécution pratique ; cela tient à des causes d'inexactitude qui seront signalées plus loin. Les toniques des gammes majeures de *ut* dièse et de *ré* bémol ne diffèrent aussi que d'un comma ; mais l'une a sept dièses et l'autre , celle de *ré* bémol , n'a que cinq bémols et doit être préférée. De même encore la gamme de *ré* dièse a neuf dièses à la clef, tandis que celle de *mi* bémol n'a à la clef que trois bémols. La gamme de *ré* dièse est donc inutile et inusitée puisqu'on y supplée par la gamme de *mi* bémol d'une exécution plus faible.

Par les mêmes raisons la gamme compliquée de *fa* bémol est remplacée par la gamme usitée et plus simple de *mi* naturel. En général de deux gammes , dans le même mode , dont les toniques ne diffèrent que d'un à deux commas , on préfère celle qui a le moins d'accidents à la clef. Voilà pourquoi, dans la pratique, on ne fait guère usage que de treize gammes différentes dans chacun des trois modes. On ne met que bien rarement plus de six dièses ou six bémols à la clef. Six de ces treize gammes contiennent des dièses simples, six contiennent des bémols simples, une seule dans chaque mode est en notes naturelles.

Dans la pratique instrumentale des treize gammes usitées de chaque mode , l'orchestre ne tient pas compte des commas qui élèvent ou abaissent neuf des vingt-huit notes différentes du tableau A. La musique s'exécute pratiquement avec dix-neuf sons

différents par octave. On fait plus encore; comme entre deux
notes qui diffèrent d'un ton peuvent se placer le dièse de l'une et
le bémol de l'autre , et comme ce dièse et ce bémol ne diffèrent
que d'un ou deux commas tout au plus, on ne prend qu'une seule
note intermédiaire un peu trop aiguë pour représenter le dièse et
un peu trop grave pour représenter le bémol , ce qui réduit à
douze par octave le nombre des sons différents usités dans les
orchestres. Néanmoins les virtuoses qui jouent des solos sur les
instruments à sons libres ne confondent pas le dièse avec le bémol ;
ils tiennent même compte des commas , surtout dans les mélodies
à mouvement lent et à sons soutenus.

L'inspection du tableau A donne lieu à de nombreuses remarques ; je vais en développer quelques-unes.

La tonique d'une gamme majeure est à une tierce mineure au-
dessus de la tonique de la gamme mineure relative, et à une
tierce majeure au-dessous de la tonique de la gamme mixte
relative.

En allant de bas en haut , les notes successives d'une même
colonne montent de quinte en quinte. Elles descendent de quinte
en quinte en allant au contraire de haut en bas.

En allant de haut en bas , les gammes successives ont un dièse
de moins jusqu'à la gamme naturelle du milieu qui n'a aucun
accident. En continuant de descendre, les gammes successives ont
un bémol de plus ; c'est-à-dire qu'en descendant de gamme en
gamme il y a chaque fois une note qui s'abaisse d'un demi-ton
mineur. Au contraire en allant de bas en haut il y a une note qui
s'élève d'un demi-ton mineur. Ainsi , on produit le même effet
sur une note en mettant un dièse ou ôtant un bémol , ou bien en
ôtant un dièse ou en mettant un bémol. Une note bécarre ou à
l'état naturel peut être considérée comme étant tout à la fois
diésée et bémolisée.

Si deux gammes du même mode ont des toniques qui diffèrent
d'un comma ou deux , comme *si* dièse et *ut* , *mi* dièse et *fa* ,

la dièse et *si* bémol , etc., la somme des accidents est douze. Toutefois, si les deux gammes sont en dièses ou en bémols, c'est la différence dans le nombre des accidents qui est douze, comme la gamme de *fa* double-dièse qui aurait treize dièses et la gamme de *sol* qui a un dièse.

Si deux gammes du même mode ont des toniques qui diffèrent d'un demi-ton mineur, elles ont ensemble sept accidents , dièses et bémols. Telles sont les gammes de *fa* dièse et *fa* , de *si* et de *si* bémol, de *la* et *la*♭ , etc. Toutefois, si les deux gammes sont en dièses ou en bémols, c'est la différence des accidents qui est sept, comme les gammes de *si* dièse et *si*, de *ré* dièse et *ré*, de *fa* et *fa* bémol , etc.

Si deux gammes des modes majeur et mixte ont la même tonique , la différence des accidents est toujours quatre, s'ils sont de même nature ; mais si l'une des gammes est en dièses et l'autre en bémols , c'est la somme des accidents qui est quatre.

Si deux gammes des modes majeur et mineur ont la même tonique , la différence des accidents pareils est trois. Si l'une des gammes est en dièses et l'autre en bémols , c'est la somme des accidents qui est trois.

Si deux gammes des modes mineur et mixte ont la même tonique , la différence des accidents est toujours un.

Au-dessus du *si* dans les trois gammes naturelles , sans accidents , on trouve la série des dièses dans l'ordre où ils s'écrivent à une clef quelconque. Si donc on connaissait seulement le nombre des dièses à une clef, on trouverait facilement l'ordre dans lequel on doit les écrire. Si le dernier dièse est seul connu, on trouvera avec la même facilité et leur nombre et l'ordre dans lequel on doit les écrire à une clef.

Au-dessous du *fa* dans les trois gammes naturelles du tableau , on trouve la série des bémols dans l'ordre où ils s'écrivent à une clef. Si donc on connaît le nombre des bémols à la clef, on trouvera facilement l'ordre dans lequel on doit les écrire. Si le dernier

2

des bémols est seul connu , il sera facile de trouver leur nombre
et l'ordre dans lequel on doit les écrire.

J'appellerai *série des dièses* ces notes au-dessus du *si*, alors
même qu'elles seraient élevées ou abaissées d'un demi-ton
mineur.

J'appellerai *série des bémols* ces notes au-dessous du *fa*, alors
même qu'elles seraient élevées ou abaissées d'un demi-ton
mineur.

Quand toutes les notes d'une gamme quelconque du tableau A
sont naturelles ou diésées ou bémolisées, on peut indifféremment
les considérer comme étant les sept premières notes de la série
des dièses ou les sept premières notes de la série des bémols.
Telles sont les gammes

$$\text{majeures de} \quad ut, \quad ut^{\natural}, \quad ut_{\flat};$$
$$\text{mineures de} \quad la, \quad la^{\natural}, \quad la_{\flat};$$
$$\text{mixtes de} \quad mi, \quad mi^{\natural}, \quad mi_{\flat}.$$

Pour les autres gammes , les accidents sont mélangés et alors
les notes sont , les unes , les premières de la série des dièses ou
des bémols, et les autres , les premières de la série des bémols ou
des dièses. Exemples :

Dans la gamme majeure de *la* les notes accidentées $fa^{\natural}$, $ut^{\natural}$,
$sol^{\natural}$ sont les trois premières de la série des dièses et les notes naturelles sont les quatre premières de la série des bémols.

Pour la gamme de *ré* dièse en mode majeur, les notes *fa* double-
dièse et *ut* double-dièse sont les deux premières de la série des
dièses ; les autres sont les cinq premières notes homonymes
de la série des bémols.

Dans la gamme majeure de *mi* bémol , les notes accidentées
sont les trois premières de la série des bémols ; les autres sont les
quatre premières notes homonymes de la série des dièses.

Dans la gamme mineure de *si* bémol , les notes accidentées sont
les cinq premières notes de la série des bémols ; les deux autres
sont les premières de la série des dièses.

Dans la gamme majeure de *la* double-bémol, les notes affectées
d'un double-bémol sont les quatre premières de la série des
bémols ; les autres sont les trois premières notes homonymes de
la série des dièses.

Ces exemples doivent suffire.

Ces distinctions purement conventionnelles nous seront plus
tard fort utiles, quand nous étudierons la question des notes
accidentelles dans la transposition. Il faudra alors les relire ou se
les rappeler.

Une pièce de musique est toujours composée sur une gamme
majeure ou mineure *principale* qui détermine l'armure de la clef,
et comme les gammes relatives ont les mêmes dièses ou les mêmes
bémols à la clef, l'armure ne fait pas connaître si la gamme principale est majeure ou mineure. Dans le courant de la pièce on
change de mode, on change de gamme, ce qui amène des dièses
ou des bémols nouveaux qu'on écrit devant les premières des notes
homonymes qui doivent en être affectées dans la même mesure.
Ce changement de gamme peut amener au contraire le retour à
l'état naturel de notes qui, d'après l'armure de la clef, devraient
être diésées ou bémolisées. On est averti de ce changement par
un bécarre ♮ mis en avant de la note. La pièce se termine dans le
ton principal.

Étant données deux des trois choses, savoir : la tonique, l'armure, le mode, trouver la troisième.

Les trois cas possibles se résolvent immédiatement par la seule
inspection du tableau A. A défaut de ce tableau, on aura recours
aux règles suivantes, déduites elles-mêmes de l'inspection du
tableau.

1.er *cas.* Étant donnés la tonique et le mode, trouver l'armure.
Écrivez la série des quintes montantes : *sol*, *ré*, *la*, *mi*, *si*, *fa♯*,
ut♯, *sol♯*....... Si la tonique occupe le rang *n* dans cette série, il
y a *n* dièses à l'armure du mode majeur et *n* — 3 dièses à l'armure
du mode mineur.

Prenez la série des quintes descendantes : *fa* , *si*$_\flat$, *mi*$_\flat$, *la*$_\flat$, *ré*$_\flat$, *sol*$_\flat$........ Si la tonique occupe le rang *n* dans cette série , il y a *n* bémols à l'armure du mode majeur et *n* + 3 bémols à l'armure du mode mineur.

2.e *cas*. Étant données la tonique et l'armure, trouver le mode. S'il y a *n* dièses à l'armure et si la tonique occupe le rang *n* dans la série des quintes montantes, le mode est majeur. Il est mineur si la tonique occupe le rang *n* + 3.

S'il y a *n* bémols à l'armure et si la tonique occupe le rang *n* dans la série des quintes descendantes , le mode est majeur. Il est mineur si la tonique occupe le rang *n* + 3.

3.e *cas*. Étant donnés l'armure et le mode , trouver la tonique. S'il y a *n* dièses à l'armure , la tonique occupe le rang *n* dans la série des quintes montantes , pour le mode majeur. La tonique occupe le rang *n* + 3 pour le mode mineur.

S'il y a *n* bémols à l'armure , la tonique occupe le rang *n* dans la série des quintes descendantes pour le mode majeur. La tonique occupe le rang *n* — 3 pour le mode mineur.

Nota. C'est pour éviter la trop grande multiplicité des exemples que j'ai représenté par *n* un nombre quelconque pris à volonté. On généraliserait et on abrégerait bien plus encore, ici et ailleurs, si l'on considérait les bémols comme des dièses négatifs ; mais cela pourrait embarrasser quelques lecteurs.

Le cas pratique le plus fréquent et le plus utile à considérer est celui où l'on voudrait trouver la tonique quand on connaît seulement le dernier dièse ou le dernier bémol. Le problème est alors indéterminé.

Nous avons déjà dit comment on trouve l'ordre et le nombre des accidents quand le dernier est connu. Or , à une armure connue correspondent trois modes différents et par suite trois toniques différentes. La tonique de la gamme principale est toujours la dernière note de la pièce si c'est une mélodie sans accompagnement. Dans le cas contraire, c'est presque toujours la dernière note la plus grave de l'accompagnement. La tonique est toujours la dernière note de l'une au moins des parties. L'armure et la tonique ainsi trouvées déterminent le mode.

Il y a un indice pour reconnaître le mode quand la tonique est inconnue. Il est fondé sur l'observation déjà faite qu'en montant les gammes mineures on élève d'un demi-ton mineur la septième note, afin qu'elle diffère de la huitième d'un demi-ton majeur et remplisse ainsi la fonction de note sensible. Or, à l'inspection du tableau A on reconnaît que cette note sensible ne se trouve pas dans la gamme majeure relative ; aussi, quand cette note sensible se montre dans les premières ou les dernières mesures , elle indique que le mode est mineur. Si elle ne se montre pas , le mode est probablement majeur. L'armure et le mode ainsi trouvés déterminent la tonique. Il y a encore un autre indice pour reconnaître le mode : il est majeur ou mineur selon que la première tierce est majeure ou mineure. L'oreille exercée d'un musicien reconnaît le mode majeur ou mineur à l'audition des premières mesures.

La clef d'une pièce de musique imprimée ou manuscrite est toujours armée de ses dièses ou bémols. Il y a donc lieu seulement de découvrir la tonique quand on connaît le mode, ou de déterminer le mode quand on connaît la tonique. Nous l'avons déjà dit, un coup-d'œil sur le tableau A résoud immédiatement le problème. Mais quand on n'a pas ce tableau sous les yeux au moment du besoin , on a recours aux règles suivantes déduites elles-mêmes de l'inspection du tableau et de ce qui précède.

Si le mode est majeur, la tonique est toujours à un demi-ton majeur au-dessus du dernier dièse ou à une quinte au-dessus du dernier bémol. Elle se confond avec l'avant-dernier bémol.

Si le mode est mineur, la tonique est à un ton majeur au-dessous du dernier dièse ou à une tierce majeure au-dessus du dernier bémol.

Réciproquement si la tonique est donnée et si elle est à un demi-ton au-dessus du dernier dièse ou à une quinte au-dessus du dernier bémol, le mode est majeur.

De même si la tonique est à une tierce majeure au-dessous du dernier dièse ou à une tierce majeure au-dessus du dernier bémol, le mode est mineur.

On pourrait facilement établir des règles analogues pour le mode mixte ; mais cela serait sans utilité réelle, car ce mode n'est jamais principal.

Si entre les notes de la gamme majeure d'*ut*, on intercale celles de la gamme majeure d'*ut* dièse, on aura :

$$ut \quad\quad ré \quad\quad mi \quad\quad fa \quad\quad sol \quad\quad la \quad\quad si$$
$$ut^{a} \quad ré^{a}_{c} \quad mi^{a}_{c} \quad fa^{a}_{c} \quad sol^{a} \quad la^{a}_{c} \quad si^{a},$$

et comme mi^{a}_{c} ne diffère de *fa* que de deux commas, on supprimera mi^{a}_{c} représenté par *fa*. Au lieu de si^{a} on pourra prendre *ut*, plus aigu que si^{a} de deux commas seulement, on aura ainsi la gamme chromatique :

$$ut \quad ut^{a} \quad ré \quad ré^{a} \quad mi \quad fa \quad fa^{a}_{c} \quad sol \quad sol^{a} \quad la \quad la^{a} \quad si \quad 2\,ut$$

J'ai mis au-dessous et entre les notes les valeurs en commas des intervalles. Ces valeurs seraient moins inégales si on élevait d'un comma les notes de la gamme d'ut^{a}. On aurait alors

$$ut \quad ut^{ac} \quad ré \quad ré^{a} \quad mi \quad fa \quad fa^{a} \quad sol \quad sol^{ac} \quad la \quad la^{a} \quad si \quad 2\,ut$$

Si entre les notes de la gamme majeure d'*ut* on intercale les notes de la gamme majeure de *ré* bémol, on aura, en supprimant l'un des deux *fa* consécutifs :

$$ut \quad ré_{b} \quad ré \quad mi_{b} \quad mi \quad fa \quad sol_{b} \quad sol \quad la_{b} \quad la \quad si_{b} \quad si \quad 2\,ut$$

C'est une gamme chromatique en bémols.

On appelle échelle enharmonique la série des notes qu'on obtient en intercalant entre les notes de la gamme majeure d'*ut* les notes des gammes d'*ut♯* et de *ré♭*. Je ne m'y arrêterai pas.

Je passe à d'autres considérations pour lesquelles il faudra avoir sous les yeux le tableau B ainsi que le tableau A.

A la seconde colonne du tableau B je donne les valeurs des notes exprimées en commas. Ces valeurs sont exactes à quelques millièmes de commas près, ce qui est une approximation plus que suffisante pour mon but.

Une oreille délicate et exercée, mise dans des conditions particulières d'expérimentation, est sensible à une erreur d'un dixième de comma faite sur le son qu'elle entend comparé au son qu'elle vient d'entendre. Ces conditions d'expérimentation n'étant pas remplies dans l'exécution ordinaire de la musique, les erreurs de deux à trois dixièmes de comma passent inaperçues : l'oreille se tient pour satisfaite. Toutefois, si les erreurs d'exécution sont fréquentes et s'élèvent jusqu'à un comma entier tantôt en excès, tantôt en défaut, l'oreille s'inquiète et n'est point satisfaite. Sans qu'on puisse dire précisément en quoi pêche l'exécution, on sent qu'elle laisse quelque chose à désirer. Dans les mélodies lentes et à sons faibles et soutenus, l'oreille a le temps d'apprécier et de comparer les sons successifs ; elle est alors beaucoup moins tolérante.

Les altérations d'un comma, ou un peu plus ou un peu moins, que subissent les notes dans une exécution imparfaite, donnent au morceau un caractère particulier différent de celui qu'il aurait si l'exécution était rigoureusement exacte ; c'est en partie en cela que consiste la différence entre un virtuose et un artiste ordinaire. A mérite égal dans la précision du rhythme, dans la beauté des sons, dans l'art de les soutenir, de les renfler, de les diminuer, le virtuose aux sons exacts l'emportera de beaucoup sur l'artiste aux sons altérés.

Supposons qu'une flûte, par exemple, soit percéé avec la plus rigoureuse exactitude et d'un nombre de trous suffisant pour qu'elle rende avec une précision mathématique les sons naturels de la gamme ainsi que leurs dièses et leurs bémols. Parmi les treize tons usités, cette flûte ne pourra jouer juste que dans les tons majeurs de *ré* bémol, d'*ut* et de *si*, et dans les tons relatifs des modes mineur et mixte. Ce sont en effet les seules gammes dont toutes les notes sont pures et non abaissées ou élevées d'un comma. Elle jouera plus ou moins faux dans les dix tons majeurs restant et les vingt tons relatifs. Dans le ton de *mi* elle fera un *fa* dièse trop aigu d'un comma. Dans le ton de *fa* elle fera un *sol* trop aigu d'un comma. Il y aura deux sons trop aigus d'un comma dans les tons de *la* et de *si* bémol, etc. Dans le ton de *ré*, l'exécution sera tout-à-fait défectueuse, parce que les notes *mi*, *fa* dièse, *sol* et *si* qu'elle fera seront trop aiguës d'un comma. Il y aura également quatre sons trop aigus d'un comma dans le ton de *mi* bémol, etc. A la vérité, pour la flûte, ces erreurs pourraient être atténuées par les artifices de l'embouchure, mais ces corrections imparfaites ne sont plus possibles dans les instruments à touches. Ainsi, même dans l'hypothèse d'une parfaite construction dans les instruments à sons fixes, l'exécution musicale ne peut être toujours irréprochable. Il en est de même des instruments à sons libres, comme on le verra plus loin. La voix jouit seule du privilége de *pouvoir* chanter *juste* dans tous les tons et tous les modes.

En prenant la flûte pour exemple et pour fixer les idées, j'ai supposé que les instruments à sons fixes pouvaient être construits de manière à rendre avec précision les notes naturelles ainsi que leurs dièses et leurs bémols; mais cette supposition est inadmissible; pour la réaliser il faudrait tripler le nombre des trous ou des touches, ce qui est matériellement impossible sur nos instruments , qui ont et doivent avoir des dimensions restreintes dépendantes du nombre et des dimensions de nos doigts. Alors même que cette construction supposée serait possible , le doigté présenterait des difficultés presque insurmontables. Nous n'aurons donc jamais d'instruments à sons fixes qui puissent exécuter la musique avec une justesse absolue dans tous les tons des divers modes. On est donc forcé d'en combiner la construction de manière qu'entre deux notes qui diffèrent d'un ton, il n'y ait qu'un son moyen un peu trop aigu pour représenter le dièse et un peu trop grave pour représenter le bémol. En un mot, il faut adopter un tempérament quelconque dans l'accord des instruments à sons fixes. Les accordeurs d'orgues et de pianos adoptent tel ou tel tempérament propre à favoriser les tons les plus usités au détriment de la justesse dans les autres tons.

Le tempérament égal consiste à diviser l'octave en douze demi-tons égaux , ce qui altère l'exactitude de toutes les notes , mais en répartissant assez uniformément les erreurs pour que l'oreille en soit peu offensée, ainsi qu'on va en juger. La seconde colonne du tableau B renferme les valeurs exactes des notes correspondantes de la première colonne. Dans la troisième colonne, on a mis les valeurs en commas de ces notes altérées par le tempérament égal , et enfin dans la quatrième colonne se trouvent les différences entre les valeurs exactes et les valeurs altérées.

Étudions les effets de ces différences. Ce que nous dirons des gammes majeures prises pour exemple s'appliquera aux gammes descendantes relatives des deux autres modes.

La gamme majeure d'*ut* sera médiocrement bonne ; le *ré* sera trop aigu de près d'un comma , le *mi* de six dixièmes et le *la* de sept dixièmes de comma. Le *fa* et le *sol* seront presque justes et le *si* sera trop aigu d'un demi-comma.

Dans la gamme de *ré*, le *mi*, qui doit être baissé d'un comma. sera trop aigu d'un comma et six dixièmes : l'effet en sera mauvais. Le *fa* dièse sera trop aigu d'un comma et demi , le *sol* d'un comma , le *si* d'un comma et demi et l'*ut* dièse d'un comma et un tiers. Cette gamme sera donc défectueuse.

Dans la gamme de *mi*, toutes les notes seront faites trop aiguës ; le *si* d'un demi-comma , le *fa* dièse d'un comma et demi et les autres notes d'une quantité intermédiaire. Il semble donc que cette gamme sera plus mauvaise que la précédente ; mais comme , en *moyenne* , toutes les notes seront trop élevées d'un comma, leurs relations seront peu troublées et en définitive cette gamme sera moins défectueuse que la précédente.

Je laisse au lecteur le soin de continuer cet examen sur les autres gammes pour apprécier sur chacune l'effet plus ou moins nuisible du tempérament égal. Il remarquera que dans ce système de compensation le *si* dièse est trop aigu de deux commas, c'est-à-dire de près d'un quart de ton mineur, ce qui est une altération intolérable ; mais le *si* dièse n'entre pas dans les gammes usitées. En général les notes naturelles seront , en moyenne, trop aiguës de près d'un demi-comma ; les notes diésées trop aiguës d'un comma et un cinquième et les notes bémolisées trop graves d'un quart de comma. Les tons où il entre des dièses sont plus défectueux que les tons par bémols , sauf le cas des compensations approchées , comme celles que j'ai fait remarquer sur la gamme de *mi*.

Maintenant , faisons une supposition irréalisable , mais utile. Supposons que tous les instruments d'un orchestre puissent faire toutes les notes du tableau A avec une précision absolue et qu'il s'agisse d'exécuter une pièce que pour plus de simplicité je supposerai écrite tout entière dans le ton d'*ut* majeur. L'exécution sera parfaite, la pièce aura le caractère qui lui est propre et conforme à l'intention du compositeur qui l'a chantée mentalement en l'écrivant. Si cette pièce est ensuite transposée et exécutée sur une autre tonique quelconque plus aiguë ou plus grave, son caractère propre ne changera pas ; il sera plus ou moins gai ou triste , brillant ou sombre comme il l'était sur la première tonique , car toutes les notes seront exactement élevées ou abaissées de la même quantité.

Que la même pièce soit de nouveau exécutée par les mêmes instruments supposés cette fois rigoureusement tempérés selon la loi du tempérament égal. Le caractère propre de la pièce sera évidemment modifié puisque toutes les notes seront altérées , et différemment altérées , comme le prouve la quatrième colonne du tableau B. Mais ce nouveau caractère se conservera si la pièce est ensuite exécutée sur une autre tonique quelconque , parce que toutes les notes seront élevées ou abaissées de la même quantité.

Dans les orchestres on adopte un tempérament inégal qui consiste à faire exactes les notes naturelles et à prendre un milieu entre deux notes consécutives pour tenir lieu du dièse de l'une et du bémol de l'autre. De plus, on fait *fa* et *ut* pour *mi* dièse et *si* dièse, et l'on fait *si* et *mi* pour *ut* bémol et *fa* bémol. La cinquième colonne du tableau B contient les valeurs en commas des notes diésées et bémolisées dans ce système de tempérament. La sixième colonne donne les différences entre les notes altérées et les notes exactes de la deuxième colonne. On remarquera que quatre des nouvelles notes diésées sont trop aiguës d'un comma, et trois d'un demi-comma. Les nouvelles notes bémolisées sont toutes trop graves, quatre d'un comma et trois d'un demi-comma. J'ai dit que les notes naturelles étaient exactes ; cela n'est pas toujours vrai pour les instruments à archet accordés par quintes ; lorsque dans le ton d'*ut* on joue à vide les notes *ré, la, mi,* elles sont trop aiguës d'un comma, comme je l'ai prouvé ailleurs.

Cela posé, si notre pièce de musique est jouée dans le ton d'*ut* où elle est écrite, l'exécution sera bonne et le caractère ne sera pas modifié si les notes *ré, la, mi* ne doivent pas être jouées à vide. Si au contraire elles doivent toujours être jouées à vide et surtout si elles reviennent fréquemment , le caractère de la pièce sera très-sensiblement modifié.

« Le même trait d'un violoncelle joué sur les cordes *ré* et *la* ,
» ou exécuté sur les cordes *ut* et *sol* , prend tout de suite un
» autre caractère. » (Dict. de P. Lichtenthal.)

Si le trait est en *ut* majeur, toutes les notes jouées sur les
cordes *ut* et *sol* pourront être justes et le trait aura son caractère
réel. Joué ensuite sur les cordes *ré* et *la* , le trait changera de
caractère parce qu'il y aura des notes justes mêlées avec les notes
ré et *la* qui seront trop aiguës d'un comma quand elles seront
jouées à vide.

« Il est évident que le *fa* dièse pris pour note sensible du ton
» de *sol* est nécessairement plus haut que le même *fa* dièse, pris
» comme troisième degré du ton de *ré* majeur. Il suffit d'avoir un
» peu d'oreille pour en être convaincu. Cette altération existe dans
» toutes les gammes , et bien qu'elle soit légère il est indispen-
» sable de s'y soumettre autant que possible , sans quoi certains
» sons deviennent équivoques , et l'on passe pour jouer faux. »
(Nouvelle méthode de flûte à quatre clefs, par T. Barbignier.)

C'est d'oreille, par la pratique et sans calcul, que M. Barbignier
trouve le *fa* dièse du ton de *sol* plus aigu que celui du ton de *ré*.
Cette observation délicate est confirmée par le tableau A. Par la
tournure qu'il donne à sa phrase, M. Barbignier semble dire que
le *fa* dièse exact est celui du ton de *ré* et que celui du ton de *sol*
doit être plus aigu pour monter vers la tonique. Ce serait tirer
une fausse conséquence d'une bonne observation. Pour éviter
toute fausse interprétation , il fallait dire ou faire entendre que le
troisième degré du ton de *ré*, le sixième du ton de *la* et le second
du ton de *mi* est un *fa* dièse altéré , un *fa* dièse plus grave
d'un comma que le *fa* dièse *exact* du ton de *sol* et du ton de *si*.

Par le tempérament de l'orchestre , toutes les notes diésées sont
trop aiguës, et les notes bémolisées trop graves. Ce fait a le très-
grand avantage d'imprimer à chaque gamme un caractère particulier ; mais on ne devrait pas l'ériger en principe en disant que
le dièse *doit* monter vers la note supérieure et que le bémol *doit*

descendre vers la note inférieure. En pratique on confond le dièse avec le bémol voisin ; cette confusion a son utilité, mais on ne devrait pas non plus l'ériger en principe. On va même plus loin, des savants soutiennent avec insistance que le dièse est plus aigu que le bémol. Ces faux principes conduisent inévitablement à de fausses conséquences qui vont quelquefois jusqu'à l'absurde.

Une note diésée ou bémolisée occupe sur la portée la même place que la note naturelle. Dans les autres cas, les notes plus aiguës sont placées plus haut sur la portée. S'il était vrai qu'entre deux notes qui diffèrent d'un ton, le dièse fût plus aigu que le bémol, il ne serait pas placé plus haut que le bémol, il serait placé plus bas. Par exemple, sur la clef de *sol*, seconde ligne, le *ré* bémol serait écrit sur la quatrième ligne, tandis que l'*ut* dièse plus aigu serait placé plus bas, sur le troisième espace.

Afin de simplifier ce qui me reste à dire, oublions pour un moment que les *ré*, *la*, *mi* joués à vide sur le violon sont trop aigus d'un comma et transposons notre pièce du ton d'*ut* au ton de *sol*. Il n'y aura alors qu'un son nouveau, le *fa* dièse, trop aigu d'un demi-comma. A moins qu'il ne soit prodigué, son influence se fera peu sentir et l'on pourra ne pas s'apercevoir du changement de ton si l'on n'a pas entendu la pièce dans le ton d'*ut*, surtout si le *ré* est joué à vide.

Il en sera à peu près de même si la pièce est transposée dans le ton de *fa*. Le *si* bémol sera joué trop grave d'un demi-comma et le *sol* trop aigu d'un comma entier.

Il en serait autrement si l'on transposait la pièce dans le ton de *mi*, par exemple. Quatre notes seraient altérées ; le *sol* dièse et l'*ut* dièse seraient faits trop aigus d'un comma ; le *fa* dièse trop aigu d'un comma et demi, et le *ré* dièse trop aigu d'un demi-comma.

L'altération du caractère de la pièce serait encore un peu plus sensible si l'on transposait dans le ton de *la*, car le *si*, l'*ut* dièse et le *sol* dièse seraient faits trop aigus d'un comma et le *fa* dièse d'un comma et demi. Cependant, si les *ré*, *la* , *mi*, qui font partie de la gamme de *la*, devaient tous être joués à vide, les violons exécuteraient la pièce avec exactitude, car toutes les notes, alors trop élevées d'un comma, conserveraient les relations exactes qu'elles doivent avoir dans l'exécution rigoureuse, seulement le *fa* dièse serait trop aigu d'un demi-comma.

En poursuivant cet examen sur les autres tons usités on arrivera à cette conclusion confirmée par l'expérience de tous les jours , que l'espèce de tempérament qu'on est obligé d'adopter dans les orchestres modifie le caractère véritable des morceaux joués dans les tons où ils sont écrits et altère plus ou moins profondément le caractère des morceaux transposés dans des tons différents.

Chaque ton (ou gamme) dans le même mode a, pour ainsi dire, un cachet particulier dépendant du nombre de ses notes justes et de ses notes altérées. Le degré de justesse dans l'exécution dépend lui-même du degré de perfection dans la construction matérielle de l'instrument, s'il est à sons fixes, et du doigté de l'exécutant si l'instrument est à sons libres. La qualité ou le timbre des sons influe aussi sur le caractère d'un morceau ; faites jouer par un autre instrument un air écrit pour le hautbois, vous reconnaîtrez que le caractère en est modifié. Le compositeur veut inspirer le sentiment dont il est lui-même pénétré et il choisit en conséquence le mouvement, le ton, le mode, le rhythme et les instruments les plus propres à produire l'effet voulu.

Dans les solos sur les instruments à sons libres, l'artiste de bon goût s'attache de préférence à la justesse et à la beauté des sons ; la difficulté ne vient qu'en seconde ligne. C'est l'opposé dans les solos sur les instruments à sons fixes ; comme la justesse parfaite y est impossible malgré les artifices de l'embouchure, c'est la difficulté dans la vitesse qui vient en première ligne. Le pianiste, par exemple, ne passe pour fort que si ses doigts disloqués lui permettent de faire des milliers de notes en un instant très-court. C'est la principale ressource de cet instrument, car les sons meurent presqu'en naissant. C'est le contraire pour l'orgue, c'est la tenue et la beauté des sons qui en font le principal mérite ; la vitesse serait d'ailleurs en opposition avec la destination spéciale de l'instrument.

Le tempérament égal est réalisable sur les instruments à touches ; il ne l'est pas sur les instruments à archet accordés par quintes, car les cordes *ré, la, mi* joués à vide donneraient souvent des sons un peu trop aigus.

Le tempérament ordinaire de l'orchestre me paraît préférable au tempérament égal ; il a sur ce dernier l'avantage de donner avec exactitude les notes naturelles, sauf, dans certains cas, les notes à vides *ré, la, mi*, et de diminuer utilement la trop grande acuité des notes diésées et la trop grande gravité des notes bémolisées. Néanmoins, les altérations qui subsistent et qui varient d'une gamme à l'autre, suffisent pour imprimer à chacune de ces gammes un caractère particulier et distinct. C'est une grande et heureuse ressource pour le compositeur qui peut choisir le ton le plus propre à inspirer un sentiment déterminé. Si l'on suivait rigoureusement le tempérament égal, cette variété dans les effets produits par la diversité des gammes, disparaîtrait sans faire disparaître le mauvais effet de l'altération de toutes les notes. Elle disparaîtrait encore dans l'hypothèse d'une justesse absolue ; mais le plaisir de l'oreille en serait plus vif. Il est fort douteux cependant que ce surcroît de plaisir soit une suffisante compensation.

« Chaque ton a son caractère particulier ; de là naît une source » de variétés et de beautés dans la modulation ; de là naît une » diversité et une énergie admirable dans l'expression ; de là » naît enfin la faculté d'exciter *des sentiments différents avec des* » *accords semblables frappés en différents tons*. Faut-il du gai, » du brillant, du martial ? Prenez les tons *ut, ré, mi*. Faut-il du » grave, du religieux ? le *mi* bémol et le *fa* l'exprimeront noble- » ment. Faut-il du touchant, du tendre ? Prenez les tons de *la*,

» *mi* , *si* bémol. *Fa* mineur va jusqu'au lugubre et à la douleur ;
» *la* bémol est très-sombre et un célèbre auteur l'appelle le ton
» des tombeaux ; *ré* mineur porte la tristesse dans l'âme. Le
» même ton peut revêtir plusieurs caractères ; l'*ut*, par exemple,
» exprime également l'innocence, la simplicité ; le *mi* bémol
» l'amour, etc. En un mot, chaque ton, chaque mode a son
» caractère propre qu'il faut connaître, et c'est là un des moyens
» qui ajoutent puissamment à la véritable expression musicale. »

Ce passage pris dans le dictionnaire de Lichtenthal est presque
entièrement copié du dictionnaire de Jean-Jacques-Rousseau. Il y
a quelques légères différences dans les appréciations. Les différences sont plus saillantes et plus nombreuses entre cet article et
celui plus détaillé, plus étendu qu'on trouve au tome 3, page 356
et suivantes, des *Essais sur la musique*, par Grétry, contemporain
de Jean-Jacques. On apprécierait sans doute plus différemment encore aujourd'hui le caractère particulier des diverses gammes, par
suite de l'introduction dans les orchestres de beaucoup d'instruments à vent nouveaux ou perfectionnés qui influent par leur
nombre et leur timbre sur le caractère d'une mélodie ou d'une
harmonie. A égalité dans la justesse des notes, un morceau qui
vient d'être joué sur le violon pourra paraître plus éclatant s'il
est joué sur la trompette à pistons ; il paraîtra plus champêtre,
plus mélancolique s'il est joué sur le hautbois. Une simple sour-
dine mise sur le chevalet d'un violon nuancera la couleur du
morceau. Le plus ou le moins de justesse dans la production des
sons a sa grande part d'influence dans le jugement que l'on porte
sur tel orchestre qu'on dit excellent et sur tel autre qu'on dit mé-
diocre, bien qu'il y ait le même nombre de musiciens, le même
nombre de violons, de trombones, de flûtes, etc. Dans les deux
orchestres, le caractère de chaque gamme peut être différemment
nuancé et par suite différemment apprécié.

En copiant dans Lichtenthal le passage ci-dessus, j'ai souligné
quelques mots qui énoncent un fait d'observation pratique dont

il est facile de donner l'explication. Je prends à cet effet un accord quelconque, par exemple, l'accord direct *la ut mi sol*. Les tierces extrêmes *la ut*, *mi sol* sont mineures; la tierce intermédiaire *ut mi* est majeure. Si les quatre notes sont exécutées en arpége dans la justesse absolue, l'accord aura le caractère qui lui est propre, son véritable caractère. L'effet sera modifié si l'accord est exécuté sur un violon qui ferait à vide les notes *la* et *mi*, lesquelles seraient ainsi trop aiguës d'un comma. L'intervalle *la ut* sera diminué d'un comma; l'intervalle *mi sol* sera egalement diminué d'un comma, et l'intervalle *ut mi* sera augmenté d'un comma. Une si profonde altération dans les trois tierces en entraîne une correspondante dans l'effet de l'accord.

Je reprends le même accord dans la gamme de *ré*, savoir : si_c *ré* fa^{a}_c *la*. Dans l'exécution le si_c sera fait comme un *si* naturel: le *ré* et le *la*, s'ils sont joués à vide, seront aussi trop aigus d'un comma. Enfin, le fa^{a}_c sera exécuté comme un *fa*¹ et sera ainsi trop aigu d'un comma et demi. Si toutes les notes étaient faites trop aiguës d'un comma juste, l'accord aurait son véritable caractère, car les intervalles conserveraient leur justesse. L'effet ne sera donc que très-légèrement nuancé par le demi-comma dont le *fa* dièse sera trop élevé; en définitive, cet accord sera meilleur dans le ton du *ré* que dans le ton d'*ut*.

Le même accord ut_c $mi_\flat$ sol_c $si_\flat$, pris dans le ton de *mi* bémol, sera très-profondément altéré. Les deux intervalles de tierce mineure seront diminués d'un comma et demi, et celui de la tierce majeure sera augmenté d'un comma et demi.

En continuant cet examen sur d'autres gammes et sur d'autres accords, on reconnaîtra la justesse de l'observation signalée. Abstraction faite de l'influence que peuvent avoir sur l'effet produit, le timbre variable avec l'espèce d'instrument, la grosseur et la nature des cordes, le degré d'acuité, les harmoniques, l'intensité, etc., etc. les accords joués en différents tons ne peuvent avoir un effet constant que si les notes qui les constituent sont exécutées soit dans la justesse absolue, selon les valeurs en commas de la seconde colonne du tableau B, soit en suivant le tempérament égal et selon les valeurs de la troisième colonne. Dans le premier cas, les tierces mineures $\frac{6}{5}$ de ces accords seront de 14,48 commas et les tierces majeures $\frac{5}{4}$ de 17,96. Dans le second cas, les tierces mineures seront de 13,95 commas et les majeures de 18,60.

TRANSPOSITION A VUE.

Un violoniste affectionne l'instrument dont il se sert depuis longtemps ; il y est habitué, il le connaît. Il serait momentanément embarrassé, il jouerait moins bien sur un violon qui n'aurait pas précisément la même forme, la même longueur de manche, le même poids que le sien. Il exécuterait plus mal encore sur son propre violon s'il changeait la distance du sillet au chevalet, car le doigté qu'il s'est fait par un long exercice et qui convient à la parfaite justesse dans les rapports des sons, ne conviendrait plus pour un changement sensible dans la longueur des cordes. Aussi tous les violons ont-ils, à très-peu près du moins, la même distance du sillet au chevalet. Cette distance ou *diapason* est de 12 pouces (325 millimètres). Les altos, les violoncelles, les contrebasses ont aussi un diapason uniforme. Les flûtes, les bassons, les hautbois, etc , etc. sont aussi de même longueur entre eux pour donner le même son. A cette convention, pour ainsi dire obligatoire, s'en ajoute une autre qui n'est pas non plus tout-à fait arbitraire, c'est de donner aux cordes des instruments à archet une tension telle qu'étant accordées par quintes elles rendent de beaux sons, ni trop graves, ni trop aigus. C'est ainsi que le son rendu par la quatrième corde du violoncelle est d'environ 128 oscillations par seconde, et l'on est convenu de l'appeler *ut*. De là résulte le nombre d'oscillations de tous les sons qu'on fait entendre dans l'exécution d'une musique quelconque et par suite la longueur qu'il faut donner aux flûtes, aux bassons, etc., etc.

L'*ut* du violoncelle était autrefois d'environ 125 oscillations dans les divers orchestres de l'Europe. Il a toujours monté depuis. Il était de 128 oscillations il y a un demi-siècle, il est aujourd'hui de 129. Il n'est pas précisément le même dans tous les orchestres.

Je le supposerai de 128 oscillations. Sa double-octave aiguë est donc de 512 oscillations par seconde ; c'est l'*ut* de la clef d'UT 34 du tableau général figure 2. Cet *ut* de 512 oscillations est aussi celui de la cinquième ligne , deuxième portée ; de la quatrième ligne , troisième portée ; de la deuxième ligne, cinquième portée ; et enfin de la première ligne , sixième portée. Ce même *ut* est dans le médium des sons usités. Il est rendu par les voix d'hommes et de femmes et par presque tous les instruments. C'est la note la plus grave du hautbois ; elle peut varier sur cet instrument par les variations de température et le pincement des lèvres sur l'anche. On a cette note de 512 plus exacte et plus fixe par un instrument en fer ou en acier, ayant la forme d'une fourche et qu'on nomme *diapason* (1). Le *la* au-dessus de cet *ut* est donc de $512 \times \frac{5}{3}$ ou 853 1/3 oscillations par seconde. Ce *la* est rendu par les voix de femmes et par un grand nombre d'instruments. C'est la note du milieu des grands pianos , de l'orgue, de la harpe , du cor anglais, des clarinettes , etc. , etc., et ce qui lui donne beaucoup d'importance c'est qu'elle est à l'octave aiguë de la chanterelle du violoncelle, à l'unisson de la chanterelle de l'alto , et à l'unisson de la seconde corde du violon. On la conserve au moyen d'un diapason en acier qui sert de point de départ pour l'accord de tous les instruments de l'orchestre. (2)

La fixité obligée de tous les sons de l'orchestre résulte évidemment de la structure des instruments , et celle-ci dépend elle-même de celle du corps humain. Les instruments primitifs avaient peu d'étendue, ils ont été faits dans l'intention manifeste d'imiter la voix ou du moins de la suppléer. Aujourd'hui les instruments sont très-nombreux et quelques-uns sont fort étendus. Ils as-

(1) Nous avons déjà employé ce mot , mais dans une acception différente. Il en a encore plusieurs autres, comme les mots *ton* , *corde* etc. C'est un vice de la nomenclature musicale.

(2) Le *la* du théâtre de Lille est de 879,89 oscillations par seconde.

treignent les voix qu'ils accompagnent à la fixité de leurs sons,
ce qui s'oppose souvent à l'exécution d'un air qu'on voudrait
chanter, parce que certaines notes fixes sont un peu trop aiguës
ou un peu trop graves pour être rendues par la voix. Si cette voix
chantait seule, sans le concours d'aucun instrument, elle exécuterait facilement le morceau sans changer ni la clef ni l'armure,
ni la disposition des notes sur la portée, elle n'aurait pour cela
qu'à prendre une autre tonique quelque peu plus aiguë ou plus
grave que celle qu'avait donné l'instrument. Si le chanteur sait
lire sur les huit clefs ayant une armure quelconque, il pourra
exécuter toutes les musiques, pourvu que l'intervalle de la note
la plus grave à la note la plus aiguë ne passe pas l'étendue de la
voix. En essayant diverses toniques, il en trouvera toujours une
qui lui permettra d'exécuter le morceau. Si au contraire le chanteur ne sait lire couramment que sur une seule clef, il sera obligé,
pour chanter le morceau, de le copier en déplaçant les notes en
les transposant, c'est-à-dire en les écrivant sur la portée à un ou
plusieurs degrés plus haut ou plus bas, afin que la note qui porte
le nom de la clef choisie soit écrite sur la ligne de cette clef. Dans
ce cas, l'armure de la clef ne devra pas changer, et l'opération
faite on aura transposé le morceau en déplaçant les notes sur la
portée, en changeant de clef sans changer d'armure. Si les nom-
breux dièzes ou bémols de cette armure embarrassaient le chanteur, il en réduira le nombre ou les fera disparaître à volonté par
un nouveau déplacement des notes. Ce sont ces diverses opérations qui constituent la *transposition écrite*. *La transposition à
vue*, non écrite, se fait sans rien changer à la disposition des
notes sur la portée, mais en changeant soit la clef, soit l'armure,
soit les deux à la fois. Elle est particulièrement utile aux instru-
mentistes ; c'est par elle que nous commencerons l'étude de la
transposition.

Dans ce qui précède, j'ai implicitement supposé que le morceau à exécuter était écrit tout entier dans un ton, sans passer

par des modulations qui amèneraient des notes accidentelles. Je maintiendrai cette supposition dans ce qui va suivre, en réservant pour une étude spéciale le cas un peu plus compliqué des notes accidentelles.

Un violon accompagne un chanteur ; la tonique qu'il lui a donnée est nécessairement l'une des notes fixes naturelles diésées ou bémolisées du tableau A. L'exécution terminée, le chanteur recommence, mais cette fois il prend une tonique plus grave de 3 commas. Il transpose donc sans rien changer à ce qui est écrit, et sans éprouver la moindre difficulté. Le violoniste ne peut plus le suivre ; car il ferait trop aiguës de 3 commas toutes les notes à vide, quand même il serait assez habile pour modifier sur-le-champ son doigté de manière à abaisser de 3 commas les autres notes. Il ne peut accompagner qu'après avoir détendu ses quatre cordes pour les abaisser de 3 commas. En général, les instruments ne peuvent transposer à vue que si l'ancienne et la nouvelle tonique se trouvent parmi celles des gammes du tableau A.

Transposer à vue, c'est exécuter un morceau en élevant ou abaissant toutes les notes d'un nombre déterminé de degrés diatoniques. Il y a 7 intervalles ou 7 degrés diatoniques dans une gamme quelconque, depuis la tonique jusqu'à son octave aiguë ou grave. Deux de ces 7 degrés sont d'un demi-ton majeur $\frac{16}{15}$, trois sont d'un ton majeur $\frac{9}{8}$ et deux d'un ton mineur $\frac{10}{9}$.

Lorsqu'en partant d'une tonique primitive on transpose
en montant de   1, 2, 3, 4, 5, 6   degrés diatoniques,
ou en descendant de   6, 5, 4, 3, 2, 1   degrés diatoniques
on tombe sur la même tonique nouvelle. En effet, les nombres qui se correspondent dans ces deux lignes sont complémentaires l'un de l'autre ; l'un est pair, l'autre est impair et leur somme est 7, nombre de degrés diatoniques de la gamme. La tonique nouvelle trouvée en montant sera donc à l'octave aiguë de celle trouvée en descendant.

Aucune clef n'est posée sur un espace de la portée générale figure 2, toutes sont posées sur une ligne et à distance les unes des autres d'un nombre pair de degrés diatoniques. Il suit de là qu'on ne peut transposer *directement* en montant descendant que d'un nombre pair de degrés. Pour transposer *indirectement* d'un nombre impair de degrés en montant descendant, il faut transposer en descendant montant du nombre pair et complémentaire de degrés diatoniques; mais il faut exécuter une ou deux octaves plus haut bas parce qu'on sera sur une clef posée trop bas haut de 7 ou de 14 degrés sur l'échelle générale, figure 2.

En transposant comme on vient de le dire on déplace fictivement toutes les notes d'un nombre pair de degrés, on change de portée, et chaque note du ton nouveau occupe sur la portée nouvelle la place même que la note correspondante du ton primitif occupait sur la portée que l'on abandonne. De là je déduis la règle générale suivante pour opérer dans tous les cas la transposition à vue :

Choisissez arbitrairement une note quelconque que j'appelle P et remarquez l'espace ou la ligne qu'elle occupe sur la portée du morceau à transposer. Montez au-dessus de P ou descendez au-dessous de P du nombre de degrés qu'il y a de la tonique primitive à la tonique nouvelle, vous tomberez ainsi sur une note que j'appelle N. Cela fait, cherchez sur la figure 2 la portée sur laquelle la note N occupe la même place que P sur la portée du morceau. La clef nouvelle et cherchée sera celle de la portée ainsi trouvée.

Par l'adoption de la nouvelle clef, la note P quelconque se trouve par le fait montée ou descendue du nombre voulu de degrés; par conséquent la tonique et toutes les notes du morceau sont également déplacées de ce même nombre de degrés diatoniques , c'est-à-dire que la transposition demandée est effectuée.

Il est fort commode de prendre pour la note P la tonique du morceau ; la note N est alors la tonique nouvelle qui souvent est donnée d'avance ou qu'on peut facilement trouver.

Remarquons que :

1.° A chaque clef correspond une portée d'un numéro connu ;

2.° Les portées de la figure 2 montent de deux en deux degrés diatoniques , depuis la première jusqu'à la huitième ; elles descendent par conséquent de deux en deux degrés depuis la huitième jusqu'à la première ;

3.° On ne peut transposer qu'en montant ou en descendant d'un nombre pair de degrés.

Il suit de ces remarques, que si au numéro connu de la portée primitive , on ajoute ou l'on retranche la moitié du nombre pair de degrés dont il faut élever ou abaisser le morceau, on aura le numéro de la portée nouvelle , celle de la clef transposée. C'est encore un procédé de transposition très-commode.

J'appliquerai avec tous les détails nécessaires ces procédés de transposition, et je choisirai les exemples de manière à rencontrer les difficultés qui pourraient embarrasser les commençants. Pour suivre ces détails , que j'abrégerai de plus en plus à mesure que nous avancerons , il faudra avoir sous les yeux le tableau A et la figure 2. Il faudra aussi ne pas perdre de vue que les places assignées aux notes naturelles sur les huit portées , sont aussi les places des mêmes notes diésées ou bémolisées. Enfin je rappelle que , d'après le tableau A , les dièses se mettent à la clef dans l'ordre suivant :

fa   *ut*   *sol*   *ré*   *la*   *mi*   *si*.......

et les bémols dans l'ordre suivant :

si   *mi*   *la*   *ré*   *sol*   *ut*   *fa*.......

Pour opérer la transposition et pour armer la clef nouvelle, la clef transposée, il faut connaître le mode et la tonique du morceau à transposer, ainsi que la tonique nouvelle. Il n'y aurait aucune difficulté si l'on donnait, par exemple, le mode et l'intervalle dé la nouvelle tonique au-dessus ou au-dessous de celle du morceau, car le mode donné et l'armure écrite font connaître la tonique primitive, et l'intervalle donné fait trouver la tonique nouvelle.

Avant d'en venir à l'exécution, il est bon de prendre une idée du nombre des cas qui peuvent se présenter. La tonique à changer est l'une des 21 notes naturelles, diésées ou bémolisées. La nouvelle tonique est aussi l'une de ces 21 notes. Cela fournit 20×21 ou 420 cas pour un mode et pour une clef. On aura donc en tout, pour les huit clefs, 8 fois 420 ou 3360 cas. En nous bornant aux 13 toniques les plus usitées, n'ayant au plus que six dièses ou six bémols à la clef, on aura encore $12 \times 13 \times 8$ ou 1248 cas, pour le mode majeur.

1.er *exemple.* — Un morceau est en *mi* majeur sur la clef d'*ut*, troisième ligne, quatrième portée, ou selon nos conventions, sur la clef d'UT 34. Il y a 4 dièses à la clef sur *fa*, *ut*, *sol*, *ré*. On veut transposer à vue en *montant* sur la tonique *si* bémol, à 4 degrés diatoniques plus haut.

1.er *procédé.* — Sur la portée du morceau à transposer, je choisis capricieusement pour la note P, le *sol* placé sur le premier espace. La note N, plus élevée de 4 degrés, est un *ré*; je cherche donc sur la figure 2 la portée sur laquelle le *ré* occupe le premier espace. C'est la sixième portée, celle de la clef d'UT 16. Donc pour transposer en exécutant, il faut faire abstraction de la clef d'UT 34, ainsi que des quatre dièses dont elle est armée, et supposer la clef d'UT 16, avec deux bémols sur *si* et *mi*.

Par un autre caprice je choisis pour la note P l'*ut* de la clef primitive. La note N, plus élevée de 4 degrés, est un *sol*; je cherche donc sur la figure 2 la portée sur laquelle le *sol* occupe aussi la troisième ligne. C'est la sixième portée, celle de la clef d'UT 16.

Je choisis enfin la tonique donnée *mi* pour la note P. Elle est placée sur la quatrième ligne de la portée primitive ; je cherche donc sur la figure 2 la portée sur laquelle le *si* bémol, (qui est à 4 degrés au-dessus de *mi* , et qui est la tonique nouvelle,) est également placé sur la quatrième ligne. C'est encore la sixième portée , celle d'UT 16.

Il serait fastidieux de répéter sur d'autres exemples de pareils détails, quant au choix de la note P de départ ; aussi, désormais, je prendrai la tonique primitive : c'est le choix le plus commode.

2 .^e *procédé*. — Si l'on connaît le numéro de la portée primitive , il suffira de compter de combien de degrés il faut monter ou descendre depuis la tonique que l'on quitte jusqu'à la tonique nouvelle pour savoir, à raison de deux degrés par portée, quel sera le numéro de la portée du ton nouveau, ce qui fera connaître la clef nouvelle.

Dans l'exemple ci-dessus, il faut monter de quatre degrés pour aller de *mi* à *si* bémol , il faut donc monter de deux portées, de la quatrième à la sixième, celle d'UT 16.

2.e *exemple*. — Un morceau est en *mi* majeur, clef d'UT 34. On veut le transposer *en descendant* sur *si* bémol.

1.er *procédé*. — De la tonique primitive *mi* à la tonique nouvelle *si* bémol, il y a trois degrés à descendre. D'ailleurs la tonique *mi* est sur la quatrième ligne de sa portée. Il faut donc chercher au-dessous de la clef d'UT 34 une portée sur laquelle le *si* bémol occuperait aussi la quatrième ligne. Il n'y en a pas. La transposition demandée est donc impossible.

Le *si* bémol occupe la quatrième ligne sur la sixième portée , celle de la clef d'UT 16. Si l'on adopte cette portée, on aura monté toutes les notes de 4 degrés au lieu de les descendre de 3 degrés ; elles seront donc trop élevées de 7 degrés ou d'une octave. On prendra donc cette clef d'UT 16 ; mais en exécutant il faudra faire toutes les notes plus graves d'une octave.

2.e *procédé*. — Il n'y a aucune clef distante d'une autre d'un nombre impair de degrés. La transposition demandée est donc impossible. On peut l'effectuer indirectement en montant du nombre de degrés pair complémentaire du nombre impair, parce qu'on arrive alors à la même tonique nouvelle ; mais trop aiguë d'une octave. Ne pouvant descendre de 3 degrés, on montera de 4, ou de deux portées au-dessus de la quatrième ; c'est-à-dire qu'on prendra la sixième portée, celle d'UT 16 ; mais il faudra exécuter le morceau à une octave en-dessous.

3.ᵉ *exemple*. — Un morceau est en *fa* mineur avec 4 bémols à la clef d'UT 25. On veut le transposer en *fa* dièse, avec trois dièses à la clef.

Fa et *fa* dièse occupent la même place sur une portée quelconque. Il faut donc conserver la même portée, la même clef et remplacer les 4 bémols par 3 dièses.

On ne change pas de clef quand on transpose d'une note à l'une de ses homonymes, comme de *fa* à *fa*ᵈ ; de *fa* à *fa*ᵦ ; de *fa*ᵦ à *fa*ᵈ. L'armure seule change.

4ᵉ *exemple*. — Un morceau est en *ré* mineur sur la clef de FA 32. On veut le transposer *en montant* sur la tonique *sol* plus aiguë que *ré* de trois degrés.

1.ᵉʳ *procédé*. — Sur la portée de la clef de FA 32 la tonique primitive *ré* occupe la seconde ligne. Il faut donc chercher, sur la figure 2, une portée sur laquelle la nouvelle tonique *sol* occupe aussi la seconde ligne. C'est la septième portée. Mais le *sol* de cette portée n'est pas, comme on le demande, élevé de 3 degrés au-dessus de la tonique *ré*, il est plus élevé de dix degrés, c'est-à-dire qu'il est trop élevé de 7 degrés ou d'une octave. On fera donc abstraction de la clef de FA 32, on supposera la clef de SOL 27 ; mais on exécutera à une octave au-dessous de ce qu'indique la septième portée.

2.ᵉ *procédé*. — Il n'y a aucune portée à 3 degrés au-dessus de la seconde. Il faut donc transposer indirectement en *sol* en descendant de 4 degrés, complément de 3. C'est-à-dire qu'il faut descendre de deux portées , aller de la seconde portée à celle qui précède la première. Si cette portée existait, on la prendrait et l'on exécuterait le morceau à une octave au-dessus. Cette portée n'existe pas ; mais, d'après ce que nous avons vu page 10, elle est reproduite à **2** octaves plus haut par la septième portée ; c'est donc celle-ci qu'il faut prendre , mais il faudra exécuter à une octave en-dessous.

Si au lieu de transposer en *sol* naturel avec deux bémols à la clef, on voulait transposer le morceau en *sol* dièse ou en *sol* bémol, on tomberait sur la même clef , mais il faudrait y supposer cinq dièses dans le premier cas , ou neuf bémols dans le second.

En général , si d'une tonique naturelle, diésée ou bémolisée , on transpose sur une note naturelle, diésée ou bémolisée , on ne trouve qu'une seule clef pour les 9 cas , mais l'armure de cette clef change.

5.e *exemple.* — Un morceau est en *mi* bémol sur la clef de SOL 18. On veut le transposer à vue *en descendant* sur la tonique *la*.

1.er *procédé.* — Le *mi* bémol sur la clef donnée occupe le troisième espace. Il faut donc trouver une portée sur laquelle la nouvelle tonique *la* occupe aussi le troisième espace. C'est la sixième portée, celle de la clef d'UT 16. On ne laissera rien à la clef si le mode est mineur ; on supposera 3 dièses si le mode est majeur.

2.e *procédé* — De *mi* bémol à *la* il y a 4 degrés à descendre. Il faut donc descendre de deux portées , aller de la huitième à la sixième.

6.e *exemple.* — Un morceau est en *mi* bémol sur la clef de SOL 18. On veut le transposer *en montant* sur la tonique *la*.

1.er *procédé.* — On opère comme dans le cinquième exemple, et l'on arrive encore à la clef d'UT 16 ; mais comme au lieu de monter de 3 degrés on est descendu de 4, il faudra exécuter une octave plus haut.

2.e *procédé.* — En montant de *mi* bémol à *la* il y a 3 degrés, nombre impair qui oblige de transposer en descendant de **4** degrés, complément de **3**. Il faut donc descendre de deux portées, de la huitième à la sixième, et exécuter une octave plus haut.

Si, en forçant les choses, on voulait aller de *mi* bémol à *la*, *en montant* par un nombre pair de degrés, on trouverait dix degrés ou 5 portées au-dessus de la huitième. C'est donc la treizième portée qu'il faudrait prendre. Elle n'existe pas. Mais d'après ce qui a été dit page **10**, elle reproduirait la sixième portée, et c'est celle-ci qu'il faut prendre.

7.e *exemple*. —Un morceau est en *sol* dièse sur la clef d'**UT 43**. On veut le transposer *en descendant* de **6** degrés.

1.er *procédé*. — La note à 6 degrés en-dessous de *sol* dièse est un *la*. Il faut donc trouver une portée sur laquelle le *la* occuperait le second espace comme la tonique *sol* dièse sur la portée primitive. C'est donc la clef de SOL 27 qu'on prendra ; mais alors, on aura transposé de 8 degrés en montant au lieu de transposer de 6 degrés en descendant. Il faudra donc, dans l'exécution, descendre toutes les notes de 14 degrés ; c'est-à-dire qu'il faudra exécuter à deux octaves au-dessous de ce qu'indique la septième portée.

2.e *procédé*. —Pour descendre de 6 degrés il faut descendre de trois portées au-dessous de la troisième, c'est-à-dire qu'il faut aller à une portée en-dessous de la première. Elle n'existe pas ; mais elle est reproduite par la portée au-dessous de la huitième ; c'est donc la septième portée qu'il faut prendre.

8.e *exemple*. — Un morceau est sur la clef de SOL 27 ; on veut le transposer *en montant* de 3 degrés diatoniques.

D'après cet énoncé on ignore le mode et les deux toniques, ce qui ne permet pas de déterminer l'armure du ton primitif, ni l'armure du ton nouveau. Néanmoins, on peut facilement découvrir la clef nouvelle.

1.er *procédé*. — A défaut de tonique je prends pour la note P de départ, la note *sol* de la clef donnée. Elle est placée sur la seconde ligne. La note à 3 degrés plus haut est un *ut*. Il faut donc prendre la portée sur laquelle l'*ut* occupe aussi la seconde ligne , c'est celle de la clef d'UT 25 ; mais il faudra exécuter à l'octave au-dessus , parce que cette clef d'UT 25 est à 7 degrés au-dessous de ce qui est exigé.

2.ᵉ *procédé*. — Il n'y a pas de clef à 3 degrés au-dessus de celle de SOL 27. On transpose donc indirectement en descendant de 4 degrés, nombre pair , complément du nombre impair 3. Descendre de 4 degrés, c'est descendre de deux portées , de la septième à la cinquième, celle de la clef d'UT 25. Et comme au lieu de monter de 3 degrés on est descendu de 4 , il faudra exécuter une octave plus haut.

9.ᵉ *exemple*. — Un morceau est sur la clef de FA 32 ; on veut le transposer *en descendant* de 4 degrés.

1.ᵉʳ *procédé*.— La note à 4 degrés au-dessous de *fa* étant un *si*, on prendra la clef de SOL 27, où le *si* est placé sur la troisième ligne, comme le *fa* sur la portée de la clef donnée. Mais en transposant ainsi, on aura monté de dix degrés au lieu de descendre de 4. Il faudra donc dans l'exécution du morceau ainsi transposé, faire les notes plus graves de 14 degrés, c'est-à-dire de deux octaves.

2.ᵉ *procédé*. — Pour descendre de 4 degrés, il faut descendre de deux portées , ce qui conduit à une portée au-dessous de la première, ou à une portée au-dessous de la huitième qui représente la première à deux octaves plus haut. On prendra donc la clef de SOL 27 ; mais on fera les notes plus graves de deux octaves.

En raisonnant comme on vient de le faire sur ces deux derniers exemples, on trouvera toujours facilement la clef transposée quand on donnera une clef primitive quelconque et le nombre de degrés exigé par la transposition en montant ou en descendant.

On trouvera dans les deux tableaux ci-après la solution du problème pour tous les cas qui peuvent se présenter.

CLEFS primitives	Clefs transposées en MONTANT du nombre de degrés diatoniques ci-dessous.					
	1	2	3	4	5	6
SOL 18	UT 25	FA 32	UT 16	UT 43	SOL 27	UT 34
SOL 27	UT 34	SOL 18	UT 25	FA 32	UT 16	UT 43
UT 16	UT 43	SOL 27	UT 34	SOL 18	UT 25	FA 32
UT 25	FA 32	UT 16	UT 43	SOL 27	UT 34	SOL 18
UT 34	FA 41	UT 25	FA 32	UT 16	UT 43	SOL 27
UT 43	SOL 27	UT 34	FA 41	UT 25	FA 32	UT 16
FA 32	UT 16	UT 43	SOL 27	UT 34	FA 41	UT 25
FA 41	UT 25	FA 32	UT 16	UT 43	SOL 27	UT 34

CLEFS primitives	Clefs transposées en DESCENDANT du nombre de degrés diatoniques ci-dessous.					
	6	5	4	3	2	1
SOL 18	UT 25	FA 32	UT 16	UT 43	SOL 27	UT 34
SOL 27	UT 34	SOL 18	UT 25	FA 32	UT 16	UT 43
UT 16	UT 43	SOL 27	UT 34	SOL 18	UT 25	FA 32
UT 25	FA 32	UT 16	UT 43	SOL 27	UT 34	SOL 18
UT 34	FA 41	UT 25	FA 32	UT 16	UT 43	SOL 27
UT 43	SOL 27	UT 34	FA 41	UT 25	FA 32	UT 16
FA 32	UT 16	UT 43	SOL 27	UT 34	FA 41	UT 25
FA 41	UT 25	FA 32	UT 16	UT 43	SOL 27	UT 34

Quand on connaîtra le mode et l'une des deux toniques, il sera facile de trouver l'autre tonique, et par suite l'armure de chacune des deux clefs.

Pour faciliter l'usage de ces deux tableaux , je donnerai ici quelques exemples.

Un morceau est sur la clef primitive d'UT 16. On veut le transposer *en montant* de six degrés.

On suit dans le premier tableau la ligne horizontale qui commence par UT 16 et l'on prend la clef de FA 32 qui , dans cette ligne , est sous le chiffre 6.

Les deux points qu'on voit au-dessus du mot FA signifient qu'il faut exécuter à deux octaves *au-dessus* de ce qu'indique la position de cette clef sur l'échelle générale, figure 2.

En partant de la clef de FA 41 on veut transposer *en montant* de cinq degrés. On suit, dans le premier tableau, la ligne horizontale qui commence par FA 41 , et en s'arrêtant sous le chiffre 5 on trouve la clef transposée SOL 27 avec un point au-dessous du mot SOL pour avertir qu'il faut exécuter une octave plus bas.

On se sert du second tableau quand la transposition doit se faire *en descendant.*

Ces deux tableaux serviront encore à résoudre le problème suivant :

Un morceau est sur une clef donnée ; il provient d'une transposition qui a été faite en $\frac{\text{montant}}{\text{descendant}}$ d'un nombre donné de degrés. On demande la clef primitive.

Il est évident qu'il n'y a qu'à considérer la clef donnée comme primitive et transposer le morceau en $\frac{\text{descendant}}{\text{montant}}$ du nombre de degrés donné. Cela conduira nécessairement à la clef demandée.

Tout morceau en mode majeur ou mineur peut être facilement transposé sur une clef sans armure. Il suffit en effet de transposer en *ut* si le mode est majeur, ou en *la* si le mode est mineur.

On peut également transposer tout morceau quelconque sur une clef ayant une armure déterminée d'avance. En effet , le mode et l'armure font trouver la tonique et l'on rentre alors dans la règle générale.

Si un morceau en mode majeur est transposé en *ut* dièse , il y aura 7 dièses à la clef. Si le morceau était transposé en *ré* bémol, il n'y aurait que 5 bémols à la clef. Or, l'intervalle d'*ut* dièse à *ré* bémol n'est que de deux commas; l'effet pour l'intonation sera donc à très-peu près le même , et puisque le ton de *ré* bémol est moins compliqué et d'une plus facile exécution on devra le préférer au ton de *ut* dièse.

Le ton de *ré* dièse a 9 dièses à la clef; celui de *mi* bémol n'a que 3 bémols, il devra donc être préféré , car l'intervalle de *ré* dièse à *mi* bémol n'est que d'un comma. On voit de même qu'il est plus avantageux de transposer un morceau en *la* bémol avec 4 bémols à la clef, que de le transposer en *sol* dièse avec 8 dièses. En transposant en *la* dièse on aurait 10 dièses à la clef , tandis qu'en transposant en *si* bémol on n'aurait que 2 bémols. Généralement, quand on a à transposer, dans le mode majeur, sur une tonique diésée qui a plus de 6 dièses à la clef, il est préférable de transposer sur la note voisine bémolisée.

A l'aide du tableau A le lecteur fera lui-même des remarques analogues pour la transposition en mode mineur.

Dans tous les exemples qui précèdent on donnait la clef du morceau à transposer sur un autre ton et il fallait trouver la clef nouvelle. Cela suppose que le praticien sait lire couramment la musique sur toutes les clefs. Il n'y a guère que les compositeurs , les chefs d'orchestre , les professeurs et les artistes jouant de plusieurs instruments qui s'exercent à la lecture rapide sur les 8 clefs. Le praticien moins studieux qui ne lit couramment que sur la clef de son instrument, n'est pas pour cela privé du plaisir d'exécuter facilement les musiques écrites sur différentes clefs, pourvu qu'elles ne dépassent pas les limites de son instrument. Il lui suffirait en effet de savoir résoudre le problème inverse du précédent, c'est-à-dire de savoir transposer à vue sur sa clef favorite tout morceau écrit sur une clef quelconque. Voici comment il pourra raisonner pour arriver au but.

Puisqu'on veut transposer à vue sur une clef choisie, sans rien changer à la disposition des notes, il faudra que la tonique à découvrir soit sur la portée de la clef voulue, à la même place que la tonique du morceau sur sa portée. On cherchera donc sur la portée de la clef choisie quelle est la note qui y occupe la même place que la tonique donnée sur la portée du morceau. Cette note sera la tonique nouvelle. Il n'y aura plus qu'à armer la clef en conséquence.

Voici quelques exemples pris au hasard.

Un morceau est en *si* majeur sur la clef d'UT 25. On veut le transposer à vue sur la clef de FA 41.

La tonique *si* du morceau à transposer est sur le premier espace ; c'est un *la* qui occupe le premier espace sur la clef de *fa* choisie. Il faudra donc faire abstraction de la clef d'*ut* ainsi que de 5 dièses dont elle est armée, et la remplacer mentalement par la clef de FA 41, armée de 3 dièses.

De la 5.ᵉ portée on veut descendre à la 1.ʳᵉ ; on descendra donc de 4 portées ou de 8 degrés. Donc la tonique nouvelle est à 8 degrés au-dessous de *si* ; c'est donc un *la*.

Ce morceau en	*la*	*la*♯	ou	*la*♭	sur la clef de	FA 41
serait en	*ut*	*ut*♯		*ut*♭		FA 32
	mi	*mi*♯		*mi*♭		UT 43
	sol	*sol*♯		*sol*♭		UT 34
	si	*si*♯		*si*♭		UT 25
	ré	*ré*♯		*ré*♭		UT 16
	fa	*fa*♯		*fa*♭		SOL 27
	la	*la*♯		*la*♭		SOL 18

Un morceau en mode mineur est sur la clef d'UT 34. La tonique est indifféremment *ré*, *ré*^{a} , *ré*$_b$, sur le 3.e espace. On veut le transposer sur la clef du violoncelle, c'est-à-dire sur la clef de FA 41. Sur le 3.e espace de cette clef est un *mi*, ou un *mi*^{a} , ou un *mi*$_b$. Il faut donc faire abstraction de la clef d'*ut* ainsi que de son armure, et supposer un dièse à la clef de FA 41 , si on veut jouer le morceau en *mi*; 8 dièses si on veut le jouer en *mi*^{a} , ou enfin 6 bémols si on veut le jouer en *mi*$_b$.

En descendant de la quatrième portée à la première, on descend de 6 degrés: la nouvelle tonique est donc à 6 degrés au-dessous de *ré*; c'est donc un *mi*.

Un morceau est en *ut* majeur sur la clef de SOL 27. Une femme veut le chanter sur la clef d'UT 25.

L'*ut* sur la clef de *sol* indiquée est sur le 3.e espace, et il y a un *fa* sur le 3.e espace de la clef d'*ut* choisie. On fera donc abstraction de la clef de *sol* et l'on supposera la clef d'UT 25 armée d'un bémol.

Pour descendre de la septième portée à la cinquième , il faut descendre de 4 degrés ; la tonique nouvelle sera donc à 4 degrés au-dessous d'*ut*, c'est-à-dire qu'elle est un *fa*.

Un morceau en mode mineur est sur la clef de FA 32. La tonique est *la*, ou *la*^{a}, ou *la*$_b$. On veut le jouer sur le violon à la clef de SOL 27. Le *la* sur la clef de *fa* indiquée est sur la quatrième ligne. C'est un *ré*, ou un *ré*^{a} , ou un *ré*$_b$, qui est sur la quatrième ligne de la clef de *sol* choisie. On fera donc abstraction de la clef de *fa* ainsi que de son armure , et l'on supposera une clef de SOL 27 avec un bémol si on veut jouer en *ré* mineur; avec 6 dièses si on veut jouer en *ré*^{a} , ou enfin avec 8 bémols si on veut jouer en *ré*$_b$.

De la deuxième portée à la septième il y a 10 degrés. Or, en montant de 10 degrés au-dessus de *la*, on arrive à la tonique *ré*.

Je vais maintenant aborder la question des notes accidentelles.

Par la transposition à vue, on change de clef et d'armure, et par suite les notes du ton primitif changent de nom sans changer de place sur la portée. Si plusieurs notes du ton primitif sont accidentellement modifiées, la modification ne peut avoir pour but et pour effet que d'élever ou d'abaisser d'un demi-ton mineur les notes correspondantes du ton nouveau. Quand la note du ton primitif et sa correspondante dans le ton nouveau sont, l'une et l'autre, naturelles, diésées ou bémolisées, le changement exigé par le signe accidentel s'opère sans difficulté : l'accident se transmet sans modification de la note du ton primitif à la note du ton nouveau. Mais il n'en est pas toujours ainsi et alors on peut hésiter sur l'interprétation à donner au signe accidentel de la note primitive et le changement à faire sur la note correspondante du ton nouveau pour opérer sans erreur l'élévation ou l'abaissement d'un demi-ton mineur.

Par exemple, une note du ton primitif doit être accidentellement haussée d'un demi-ton mineur ; si, dans le ton nouveau et d'après son armure, la note correspondante est diésée, naturelle ou bémolisée, il faudra faire de cette note un double-dièse dans le premier cas ; un dièse dans le second cas ; un bécarre dans le troisième cas. Si, par exemple encore, une note quelconque du ton primitif doit être accidentellement baissée d'un demi-ton mineur, et si la note correspondante du ton nouveau est, d'après la nouvelle armure, une note naturelle, diésée ou bémolisée, il faudra dans le premier cas en faire un bémol, dans le second un bécarre et dans le troisième un double-bémol.

Il y a donc des notes du ton primitif qui transmettent purement et simplement leur accident aux notes correspondantes du ton nouveau, et d'autres qui ne les transmettent qu'en les modifiant. Nous allons chercher les moyens de reconnaître les unes et les autres. Nous appellerons *notes critiques* celles dont les accidents ont besoin d'être interprétés.

Soit un morceau en *ré* majeur à transposer plus haut , en *si*.
Les notes du morceau ne peuvent être que celles de la gamme de
ré et les notes du morceau transposé ne peuvent être que celles
de la gamme de *si*. Ce sont ces dernières notes qu'on lira sur la
nouvelle clef, et les signes accidentels dont elles peuvent être
affectées sont déjà écrits sur les notes du ton de *ré ;* mais à la clef
on trouve *trois* dièses de plus dans le ton de *si* que dans le ton de *ré*.
La question est donc de savoir comment on doit interpréter sur
les notes du ton nouveau et de la nouvelle clef, les changements
accidentels déjà écrits sur les notes du ton et de la clef que l'on
abandonne. A cet effet, parcourons ces notes une à une sur le
tableau A.

La première note *ré* du ton primitif devient un *si* sur la nouvelle clef. Si ce *ré* est accidentellement diésé ou bémolisé, cet
accident se transmettra tout simplement à la note *si ;* on fera donc
ici, sans difficulté dans l'exécution, ce qui est indiqué. Même
remarque sur le *sol* du ton primitif : s'il est marqué accidentellement d'un dièse ou d'un bémol , le signe s'applique à la note *mi*
du nouveau ton. La note *fa* censée diésée d'après l'armure, devient
un *ré* censé diésé d'après la nouvelle armure. Si ce *fa* était accidentellement marqué d'un bécarre pour détruire l'effet du dièse à
l'armure, le signe bécarre s'appliquerait également à la note *ré*
correspondante dans le nouveau ton. Ce que nous venons de dire
de la note *fa* qui devient un *ré* , s'applique à la note *ut* qui devient un *la*. Ainsi donc les changements accidentels sur les notes
ré, fa², sol, ut² , du ton primitif, s'exécutent, comme ils sont
indiqués, sur les notes correspondantes *si, ré², mi, la²,* du ton
nouveau. La difficulté n'est donc pas là. Maintenant , passons en
revue les *trois* autres notes du ton primitif. Le *mi* bécarre (naturel)
devient un *ut* dans le ton nouveau , et cet *ut* est diésé par la nouvelle armure. Si le *mi* était accidentellement diésé, il faudrait
élever d'un demi-ton mineur la note correspondante , il faudrait
faire *ut* double-dièse. Si le *mi* était accidentellement bémolisé , il

faudrait abaisser d'un demi-ton mineur la note *ut* dièse correspondante : il faudrait supposer un bécarre sur l'*ut* pour détruire l'effet du dièse de l'armure. On verra de même que si le *la* du ton primitif était accidentellement marqué d'un dièse ou d'un bémol, il faudrait élever ou abaisser d'un demi-ton mineur la note correspondante, c'est-à-dire qu'il faudrait supposer le *fa* marqué d'un double-dièse ou d'un bécarre. Même observation pour le *si* du ton primitif.

Ainsi donc, les signes accidentels sur les notes *ré*, *fa*, *sol* et *ut* non critiques du ton primitif se transmettent sans changements sur les notes transposées. Les signes accidentels sur les notes *mi*, *la*, *si*, doivent aussi produire leur effet sur les notes correspondantes du ton nouveau ; mais il faut être attentif pour les bien interpréter : à des dièses sur les notes critiques du ton primitif correspondent des doubles-dièses sur les notes critiques transposées ; et à des bémols sur les notes du ton primitif correspondent des bécarres sur les notes transposées.

La difficulté apparente vient de ce que les *trois* notes *mi*, *la*, *si*, bécarres dans le ton primitif, prennent un dièse en passant dans le ton nouveau, où il y a par conséquent *trois* dièses de plus que dans le ton primitif. *Trois* est donc la différence des signes semblables aux clefs des deux tons.

Remarquons que :

1.º Les notes *ré, fa, sol, ut*, du ton primitif sont les 7 — 3 ou 4 premières notes de la série des dièses.

2.º Leurs correspondantes *si, ré, mi, la*, dans le ton nouveau, sont les 7 — 3 ou 4 premières notes de la série des bémols.

3.º Les *trois* notes critiques *mi, la, si*, du ton primitif sont les *trois* premières notes de la série des bémols.

4.º Enfin, les *trois* notes critiques *fa, ut, sol* du ton nouveau sont les *trois* premières notes de la série des dièses.

Je le répète : Le ton primitif *ré* a deux dièses à la clef ; le ton nouveau *si* en a cinq, la différence est *trois*. D'où il suit que pour l'exemple choisi la différence entre les nombres des signes semblables des deux clefs est *trois ;* que dans l'exécution , les notes non critiques du ton primitif transmettent purement et simplement leurs accidents aux notes correspondantes non critiques du ton nouveau et que l'attention doit se porter sur les *trois* premières notes de la série des bémols prises dans le ton primitif , c'est-à-dire sur les *trois* premières notes de la série des dièses prises dans le ton nouveau. Ces *trois* notes critiques de la série des dièses doivent être affectées d'un double-dièse ou d'un bécarre si les *trois* notes critiques de la série des bémols prises dans le ton primitif sont accidentellement diésées ou bémolisées.

Tout cela est long à expliquer et ennuyeux à lire , mais tout cela se voit d'un coup-d'œil jeté sur tableau A.

Soit à transposer un morceau *en montant* du ton primitif de mi_b mineur , au ton nouveau de *sol.*

Celles des notes *fa, sol_b, ut_b* du ton primitif qui seraient accidentellement modifiées , transmettraient sans difficulté leurs modifications aux notes *la, si_b, mi_b* correspondantes du ton de *sol.* L'attention doit se porter seulement sur les *quatre* notes critiques mi_b, la_b, si_b et $ré_b$ du ton primitif qui deviennent les notes critiques *sol, ut, ré* et *fa* dans le ton nouveau. Ces *quatre* notes du ton primitif sont les quatre premières notes de la série des bémols et les notes critiques correspondantes dans le ton nouveau sont les quatre premières notes de la série des dièses. Il y a d'ailleurs *quatre* unités de différence dans le nombre des bémols aux deux clefs. Si des notes critiques de la série des bémols dans le ton primitif sont accidentellement modifiées , ces modifications devront avoir leur effet sur les notes critiques correspondantes de la série des dièses dans le ton nouveau. Si le mi_b, par exemple, est accidentellement marqué d'un bécarre ou d'un double-bémol, il faudra élever ou abaisser d'un demi-ton mineur le *sol* correspondant , il faudra faire *sol^s* ou sol_b. Même observation pour les autres notes de la série des bémols qui, par leurs accidents, modifient les notes critiques correspondantes de la série des dièses. Ce sont les notes de la série des dièses dans le nouveau ton qui sont critiques et doivent attirer l'attention.

Si l'on transpose *en descendant* du ton de *ut*² mineur au ton de *si* bécarre, les notes non critiques *ré*², *mi*, *sol*¹, *la* et *si* du ton primitif transmettent tout simplement leurs signes accidentels aux notes non critiques *ut*², *ré*, *fa*², *sol* et *la* du ton nouveau. Les *deux* notes critiques *ut*, *fa*, du ton primitif, ou les *deux* premières de la série des dièses, se transformeront dans les *deux* premières notes critiques *si*, *mi* de la série des bémols. Le ton primitif a *quatre* dièses à la clef, le ton nouveau en a deux, la différence est *deux*.

Sans aller plus loin on voit que si l'on transpose *en montant*, d'un ton en dièses à un autre ton en dièses, ou d'un ton en bémols à un autre ton en bémols, la différence, moindre que sept, dans le nombre des signes pareils aux deux clefs fait connaître sur combien de notes doit se porter l'attention pour bien transposer dans le cas des notes accidentelles, et que les notes critiques sont les premières de la série des dièses prises dans le ton nouveau.

Que si l'on transpose *en descendant* d'un ton en dièses à un autre ton en dièses, ou d'un ton en bémols à un autre ton en bémols, les notes à surveiller, les notes critiques dans le ton nouveau sont les premières de la série des bémols et leur nombre est égal à la différence des accidents semblables aux deux clefs, cette différence étant moindre que sept.

Justifions ces observations par quelques nouveaux exemples ; mais abrégeons les explications.

On veut transposer *en montant* de *si* majeur avec 5 dièses, en *sol*² avec 8 dièses. La différence de 8 à 5 est 3 et il y a dans le ton primitif les *trois* notes critiques *si mi la*, les **3** premières de la série des bémols, qui deviennent, dans le ton nouveau, les **3**

notes critiques *sol*, *ut* , *fa*, lesquelles sont les trois premières de
la série des dièses.

Transposons *en montant* du ton majeur de *ut*♭ avec 7 bémols
à la clef , au ton de *mi*♭ avec 3 bémols à la clef. La différence de
7 à 3 est 4 et il y a dans le ton primitif les 4 notes critiques *ré* ,
mi, *la*, *si*, qui sont les premières de la série des bémols et correspondent aux 4 notes critiques *fa*, *sol*, *ut*, *ré* dans le ton nouveau.
Ces dernières notes sont les 4 premières de la série des dièses.

Transposons *en descendant* du ton mineur de *si*♭, avec 5 bémols
à la clef , au ton de *fa*♭ avec 11 bémols à la clef. La différence de
5 à 11 étant 6 , il doit y avoir 6 notes critiques , ce sont en effet ,
dans le ton primitif , les 6 notes *ut*, *ré*, *mi*, *fa*, *sol*, *la* de la série
des dièses , correspondant aux 6 premières notes de la série des
bémols dans le ton nouveau. La seule note non critique est le *si*
du ton primitif, ou la première de la série des bémols , correspondant, dans le ton nouveau, à la première note *fa* de la série des
dièses.

Quand la différence entre les signes semblables aux deux clefs
est 7 ou plus grand que 7, toutes les notes sont critiques , il n'y
a pas de note dans le ton primitif qui transmette purement et simplement son accident à la note correspondante du ton nouveau.
Les notes accidentelles peuvent alors faire naître dans le ton nouveau des doubles et triples dièses , ou des doubles et triples
bémols , et ces triples dièses ou ces triples bémols ne sont pas
usités.

Soit , par exemple , à transposer du ton de *ré* majeur avec
2 dièses au ton de *la*♯, avec 10 dièses. La différence des armures
est ici 8 , et toutes les notes des deux tons sont critiques. Si la
note *si* prenait un dièse accidentel il y aurait un *fa* triple dièse
dans le ton nouveau de *la*♯.

Remarquons cependant qu'à l'exception du *si*, première note
de la série des bémols, prise dans le ton primitif, toutes les notes

du ton nouveau n'ont qu'un dièse de plus que leurs correspondantes dans le ton primitif, mais que le *fa*, première note de la
série des dièses, a *deux* dièses de plus que la correspondante *si*
du ton de *ré*. A ce titre, la note *si* est la note critique ou doublement critique dans le ton primitif et le *fa* double dièse, la note
doublement critique du ton nouveau. Cette circonstance rapproche
ce cas de ses analogues précédents et la similitude serait complète
s'il n'y avait qu'une unité de différence, au lieu de 8, dans les
signes semblables des armures. Or, l'excédant de 10 sur 7 est 3,
et la différence de 3 à 2 est 1.

Soit encore à transposer du ton de *sol* majeur, au ton de *mi*ⁿ. On
verra facilement que les *trois* premières notes *la, si, mi*, de la série
des bémols sont les trois notes doublement critiques dans le ton
primitif de *sol*, et que les *trois* notes *fa*ˣˣ, *sol*ˣˣ et *ut*ˣˣ, correspondantes dans le ton nouveau, de *mi*ⁿ, sont les *trois* premières de la
série des dièses et qu'elles sont aussi les *trois* notes doublement
critiques du ton nouveau. Les 11 dièses du ton nouveau se ré-
duisent à 4 si on en ôte 7. Or la différence de 4 à 1 est 3, et il y
a 3 notes doublement critiques.

Les gammes qui ont plus de 7 dièses ou de 7 bémols à la
clef ne sont point usitées, ainsi on ne transpose point sur les
toniques :

*sol*ᵃ, *ré*ˣ, *la*ˣ, *mi*ⁿ, *si*ˣ . . . . . .

qui ont à la clef   8   9   10   11   12 dièses;
mais on transpose sur les toniques :

la♭, *mi*♭, *si*♭, *fa, ut* . . . .

qui n'ont à la clef que   4   3   2   1   0 bémols,
et les toniques en bémols ne diffèrent que d'un à deux commas des
toniques en dièses qu'elles remplacent.

Soit maintenant à transposer *en montant* du ton de *mi*♭ majeur
au ton de ré.

Il y a trois bémols à la clef dans le ton de *mi*♭, et deux dièses à la clef dans le ton de *ré*. Comme ici les signes des armures sont différents, je fais la *somme* (a) de ces signes. Cette somme est *cinq*, aussi allons nous trouver que pour bien transposer, dans le cas des notes accidentelles, les notes critiques à surveiller dans le ton nouveau sont les *cinq* premières de sa série des dièses, correspondantes aux *cinq* premières de la série des bémols dans le ton primitif.

Les notes *fa*, *ut*, du ton primitif transmettent purement et simplement leur signe accidentel aux notes *mi*, *si*, du ton nouveau. Les cinq premières notes de la série des bémols, savoir : *mi*, *sol*, *la*, *si*, *ré*, prises dans le ton primitif transmettent aussi leurs modifications aux cinq premières notes de la série des dièses, prises dans le ton nouveau ; mais il faut convenablement interpréter et exécuter cette transmission. Si, par exemple, le *si* est marqué d'un bécarre qui détruit l'effet du bémol à la clef, il faudra élever d'un demi-ton mineur le *la* correspondant, il faudra faire un *la* dièse. Si le *ré* du ton primitif est accidentellement diésé ou bémolisé, l'*ut* dièse du ton nouveau deviendra *ut* double dièse ou *ut* bécarre.

En raisonnant de la même manière pour transposer *en descendant* du ton de *ré* majeur au ton de *mi*♭, on verra que les *cinq* notes critiques à surveiller dans le ton nouveau, sont les *cinq* premières de la série des bémols, ces *cinq* notes provenant des *cinq* premières de la série des dièses prises dans le ton primitif.

Les raisonnements et les conséquences restent les mêmes pour tous les cas où l'on transpose d'un ton en bémols à un ton en dièses, ou d'un ton en dièses à un ton en bémols, pourvu que la somme des accidents dissemblables aux clefs des deux tons soit au-dessous de 7.

(*a*) Ce serait encore la différence si l'on considérait, ainsi qu'on le peut, les bémols comme des dièses négatifs. Cela serait même très avantageux dans plusieurs circonstances importantes dont je n'ai pas à m'occuper ici.

Transposons *en montant* du ton mineur de *la* au ton de *la* dièse. Il n'y a pas de dièses, il y a zéro dièse, au ton primitif, et il y en a 7 au ton nouveau. La différence est 7, aussi les notes critiques du ton nouveau sont-elles au nombre de 7. Les 7 notes du ton primitif sont les 7 premières notes de la série des bémols, et les 7 notes critiques du ton nouveau sont les 7 premières de la série des dièses. Si donc des notes naturelles du ton primitif sont accidentellement marquées d'un dièse ou d'un bémol, les notes critiques correspondantes dans le ton nouveau seront censées marquées d'un double dièse ou d'un bécarre.

Transposons *en descendant* du ton d'*ut* majeur, au ton de *ut*♭. Il y a zéro bémols au ton d'*ut*, il y en a 7 au ton de *ut*♭. La différence est 7, et il y a 7 notes critiques au ton nouveau. Si donc des notes naturelles du ton primitif sont accidentellement affectées d'un dièse ou d'un bémol, les notes critiques correspondantes dans le ton nouveau seront censées marquées d'un bécarre ou d'un double bémol.

Transposons *en montant* du ton de *ré*♭ majeur, avec 5 bémols, au ton de *si* avec 5 dièses.

Aucune note du ton primitif ne peut transmettre son signe *accidentel* à la note correspondante dans le ton nouveau de *si*. Toutes les notes sont critiques; mais évidemment les notes *mi*♭, *la*♭, *si*♭ sont doublement critiques. Elles sont les *trois* premières de la série des bémols et elles correspondent aux trois notes *ut*ˣ, *fa*ˣ, *sol*ˣ, du ton nouveau, notes qui sont doublement critiques et les *trois* premières de la série des dièses. Si la note *mi*♭ était accidentellement affectée d'un bécarre ou d'un double bémol, la note *ut*ˣ correspondante dans le ton nouveau prendrait un double dièse ou un bémol.

Si la note *ut* naturelle prenait accidentellement un dièse ou un bémol, la note correspondante *la*ˣ deviendrait un *la* double dièse ou un *la* bécarre.

Si la note *la*, est accidentellement marquée d'un bécarre ou d'un double bémol, la note correspondante *si* du ton nouveau doit être diésée ou bémolisée, etc.

Il y a 7 notes simplement critiques et 3 doublement critiques, ce qui fait 10, égale à la somme des signes contraires des armures. De 10 ôtant 7 il reste 3, nombre égal à celui des notes doublement critiques.

Je vais résumer les observations faites sur les exemples qui précèdent, ou à faire sur d'autres exemples, mais auparavant il est nécessaire de convenir d'un moyen d'abréger le discours et de le rendre en même temps moins obscur.

Je représenterai par l'initiale D la différence entre le nombre des dièses à l'un des deux tons et le nombre des dièses à l'autre ton. Si les deux tons sont par bémols, D sera encore la différence des bémols aux deux clefs. Si les deux tons, le primitif et le nouveau, sont l'un par dièses et l'autre par bémols, je représenterai par l'initiale S la somme des signes aux deux clefs. D ou S est aussi le nombre des notes critiques. Quand D ou S passe 7, toutes les notes des deux tons sont critiques, et l'excès de D ou S sur 7 fait connaître le nombre des notes doublement critiques. D n'est pas plutôt un nombre qu'un autre ; il en est de même de S, c'est chaque exemple particulier qui fixe le nombre que D ou que S représente.

Quand on transpose *en montant* d'un ton par dièses à un autre ton par dièses, les notes critiques, dans le ton nouveau, sont les D premières notes de la série des dièses et elles proviennent des D premières notes de la série des bémols prises dans le ton primitif. Si plusieurs de ces dernières notes sont accidentellement marquées d'un dièse, les notes critiques correspondantes dans le ton nouveau font naître des doubles dièses. Les bémols font naître des bécarres sur les notes critiques du ton nouveau.

Les accidents sur les autres notes du ton primitif se transmettent sans modification aux notes non critiques du ton nouveau. — Je ne répéterai plus cette observation qui s'applique à tous les cas.

Quand on transpose *en montant* d'un ton par bémols à un autre ton par bémols, les notes critiques dans le ton nouveau sont les D premières notes de la série des dièses, provenant des D premières notes de la série des bémols, prises dans le ton primitif. Si plusieurs de ces dernières notes sont accidentellement marquées d'un bécarre ou d'un double bémol, les notes critiques correspondantes du ton nouveau devront être diésées ou bémolisées.

Quand on transpose *en montant* d'un ton par bémols à un ton par dièses, les notes critiques dans le nouveau ton sont les S premières notes de la série des dièses, provenant des S premières notes de la série des bémols, prises dans le ton primitif. Si plusieurs de ces dernières notes sont accidentellement marquées d'un dièse, les notes critiques correspondantes dans le nouveau ton prendront un double dièse. Si d'autres sont marquées d'un bécarre, les notes critiques correspondantes prendront un dièse ; si d'autres enfin sont marquées d'un bémol, les notes critiques correspondantes prendront un bécarre.

Quand on transpose *en descendant* d'un ton par dièses à un autre ton par dièses, les notes critiques dans le nouveau ton sont les D premières notes de la série des bémols, et elles proviennent des D premières notes de la série des dièses prises dans le ton primitif. Si plusieurs de ces dernières notes sont accidentellement affectées d'un double dièse ou d'un bécarre, les notes critiques correspondantes dans le ton nouveau doivent prendre un dièse on un bémol.

Quand on transpose *en descendant* d'un ton par bémols à un

ton par bémols, les notes critiques sont les D premières notes
de la série des bémols provenant des D premières notes de la
série des dièses du ton primitif. Si plusieurs de ces dernières
notes sont accidentellement diésées ou bémolisées, les notes critiques correspondantes dans le ton nouveau prendront un bécarre
ou un double bémol.

Quand on transpose *en descendant* d'un ton par dièses à un ton
par bémols, les notes critiques dans le ton nouveau sont les
S premières notes de la série des bémols et elles proviennent des S
premières notes de la série des dièses prises dans le ton primitif.
Si plusieurs de ces dernières notes sont accidentellement affectées
d'un double dièse, les notes critiques correspondantes prendront
un dièse. Si d'autres sont marquées d'un bécarre, les notes critiques correspondantes prendront un bémol. Enfin, si d'autres
notes sont marquées d'un bémol, les notes critiques correspondantes prendront un double bémol.

TRANSPOSITION ÉCRITE.

Pour effectuer la transposition écrite, on déplace les notes eu
copiant le morceau.

Ce que nous avons dit des notes accidentelles dans la transposition à vue, s'applique, quand on change de ton, aux notes
accidentelles, dans la transposition écrite. Néanmoins, on ne
suppose plus, mais on écrit devant les notes critiques du ton
nouveau le signe bécarre, dièse ou bémol exigé par la transposition. On ne suppose plus la clef et l'armure nouvelles, on les écrit.

En conséquence, et pour ne pas nous répéter sans utilité, nous
nous bornerons à parcourir brièvement quelques exemples de
transposition écrite sans nous préoccuper des notes accidentelles
suffisamment étudiées dans ce qui précède.

Nous distinguerons deux cas. Dans le premier , on conserve la clef ; dans le second on change de clef.

Un morceau est en *mi* majeur sur une clef quelconque armée de quatre dièses. On veut l'écrire une tierce mineure plus haut , en *sol*, sans changer de clef.

On montera toutes les notes de deux degrés et l'on mettra à la clef un dièse sur le *fa*. Les trois autres dièses du ton primitif disparaissent.

Un morceau est en *ré* majeur ; on veut l'écrire en *ré*♭ un demi-ton mineur plus bas.

Le *ré* naturel du ton primitif et le *ré* bémol du ton nouveau occupent la même place sur la portée ; il y aura donc tout simplement à remplacer les deux dièses à la clef du ton de *ré* par les cinq bémols du ton de *ré* bémol.

Un morceau est en *si* bémol mineur, avec cinq bémols à la clef ; on veut l'écrire en *sol*, à une tierce majeure plus bas.

Il faudra déplacer les notes, les descendre de deux degrés et mettre deux bémols seulement à la clef.

Si l'on veut transposer le même morceau à une tierce mineure plus haut , en *ré*, il faut monter toutes les notes de deux degrés et ne laisser qu'un bémol à la clef.

Un morceau est en *mi*♭ majeur. On veut le transposer en *là* , à une quarte plus haut

On montera toutes les notes de trois degrés et l'on mettra trois dièses à la clef. Les trois bémols du ton primitif disparaissent.

Un morceau est en *fa* dièse mineur. On veut l'écrire en *ut*.

On descendra toutes les notes de trois degrés et l'on mettra trois bémols à la clef.

En général, pour le premier cas , voyez de combien de degrés il faut monter ou descendre sur la portée pour aller de la tonique primitive à la tonique nouvelle. En copiant le morceau sur une portée vide, effectuez ce déplacement sur toutes les notes et mettez à la clef conservée les dièses ou les bémols du nouveau ton.

On donne la tonique et la clef d'un morceau qu'il faut transposer à une octave plus haut , ou à une octave plus bas.

Pour ce cas , l'armure se conserve parce que le ton ne change pas pour être monté ou descendu d'une octave. Par suite , les notes transposées conservent leurs noms et leurs signes accidentels.

Il est évident qu'il suffit de déplacer de sept degrés sur la portée toutes les notes du morceau. Un inconvénient assez fâcheux peut-résulter de cette opération , c'est que la portée reste vide d'un côté et que l'autre côté se charge de lignes supplémentaires et de notes. On peut obtenir le résultat en ne déplaçant les notes que d'un seul degré, mais en changeant de clef.

Pour arriver dans tous les cas à la connaissance de cette clef, nous répéterons ici une remarque déjà faite sur la figure 2, savoir : que les portées montent et descendent de deux en deux degrés. Il suit de là qu'en augmentant ou en diminuant de trois unités le numéro d'une portée , on a le numéro d'une portée plus élevée ou plus abaissée de six degrés. De là résulte la règle suivante pour transposer d'une octave en changeant de clef sans changer d'armure.

Si la transposition doit se faire à l'octave aiguë , montez réellement toutes les notes d'un degré sur la portée, et sur cette portée, dont vous connaissez le numéro, mettez la clef de la portée dont le numéro est plus élevé de trois unités. Vous aurez fait ainsi deux opérations successives qui reviennent ensemble à élever sur la portée toutes les notes de sept degrés.

Si la transposition doit se faire sur l'octave inférieure , on descend d'abord et réellement d'un degré toutes les notes sur la portée dont le numéro est connu, ensuite on descend fictivement les notes de six degrés en prenant la clef correspondante à la troisième portée au-dessous.

Voici quelques exemples :

Un morceau est écrit en mode majeur ou mineur sur une tonique quelconque et sur la clef d'UT 34. On veut le transposer à une octave au-dessus.

Il faut aller de la quatrième portée à la septième et y écrire le morceau en montant toutes les notes d'un degré. La nouvelle clef sera donc celle de SOL 27.

On pourrait prendre la huitième portée, celle de SOL 18, mais comme cette portée est plus élevée de deux degrés que la septième, il faudrait, par compensation, y descendre toutes les notes d'un degré.

On pourrait prendre la sixième portée, celle d'UT 16, mais comme cette portée est de deux degrés au-dessous de la septième, il faudrait, par compensation, y monter toutes les notes de trois degrés.

Si le morceau devait, au contraire, être transposé à l'octave inférieure, on irait de la quatrième portée à la première sur laquelle on écrirait les notes en les descendant d'un degré.

On pourrait prendre la deuxième portée, celle de FA 32, mais il faudrait y descendre toutes les notes de trois degrés.

Un morceau en mode majeur ou mineur est écrit sur une tonique quelconque et sur la clef de SOL 27. On veut le transposer à l'octave supérieure.

Il faut donc aller de la septième portée à la dixième. Si cette dixième portée existait, elle reproduirait la troisième portée, d'après l'observation faite page 10. On prendra donc la troisième portée, celle d'UT 43, et on y élèvera toutes les notes d'un degré, et comme alors on aura transposé à l'octave inférieure, il faudra faire toutes les notes plus aiguës de deux octaves.

Ce résultat prouve que la transposition écrite demandée est impossible. C'est ce qui arrivera quand, pour transposer d'une octave, on sera conduit à une portée supérieure à la huitième ou inférieure à la première.

Tout morceau écrit sur la clef d'UT 34 ou sur la clef d'UT 25 peut être transposé à l'octave supérieure et à l'octave inférieure, et l'on trouvera, pour les deux cas, au moins deux clefs qui résolveront le problème.

Un morceau écrit sur une portée moins élevée que la quatrième peut être transposé à l'octave supérieure et non à l'octave inférieure.

Un morceau écrit sur une porté plus élevée que la cinquième peut être transposé à l'octave inférieure et non à l'octave supérieure.

Un morceau écrit sur la clef de FA 41 peut être transposé à la double octave supérieure. Il suffit pour cela de substituer la clef de SOL 18 à la clef de FA 41. Réciproquement un morceau écrit sur la clef de SOL 18 peut être transposé à la double octave inférieure en substituant la clef de FA 41 à la clef de SOL 18 Ce sont les seuls cas possibles de transposition à deux octaves.

Si l'on veut transposer d'une sixte en montant ou en descendant, on montera ou l'on descendra toutes les notes d'un degré sur la portée d'un numéro plus élevé ou plus abaissé de deux unités, si cette portée est l'une des huit de la portée générale figure 2. Si l'on veut transposer d'une quarte en montant ou en descendant, on montera ou l'on descendra les notes d'un degré sur la première portée au-dessus ou en-dessous de celle du morceau.

On met à la nouvelle clef l'armure du ton nouveau.

En consultant toujours la figure 2, on découvrira facilement la marche à suivre pour transposer sur une clef choisie un morceau écrit sur une clef quelconque.

Soit à transposer sur la clef de FA 41 un morceau écrit sur la clef d'UT 34.

Le *fa* du morceau est placé sur le quatrième espace ; en le descendant d'un degré il se trouvera sur la quatrième ligne comme le *fa* de la clef choisie. Il faut donc tout simplement descendre d'un degré toutes les notes, ne rien changer à l'armure ni aux signes accidentels et substituer la clef de FA 41 à la clef d'UT 34.

Soit à transposer le même morceau sur la clef de FA 32. On voit qu'il suffit de descendre toutes les notes de trois degrés, parce que le *fa* du quatrième espace se trouvera ainsi sur la troisième ligne où se trouve le *fa* de la clef choisie.

Si on voulait transposer le même morceau sur la clef d'UT 43, on remarquerait que l'*ut* du morceau se trouve sur la troisième ligne et qu'en le montant de deux degrés, ainsi que toutes les notes, il se trouvera sur la quatrième ligne, comme l'*ut* de la clef voulue.

Si la clef choisie était celle d'UT 25, il faudrait descendre toutes les notes de deux degrés.

Si la clef choisie était celle d'UT 16, il faudrait descendre toutes les notes de quatre degrés.

Si l'on choisit la clef de SOL 27, on remarquera que le *sol* du morceau est sur le premier espace et qu'il suffit de monter toutes les notes d'un degré pour que le *sol* se trouve sur la seconde ligne, comme celui de la clef voulue.

Enfin, en descendant toutes les notes d'un degré on aura transposé le morceau sur la clef de SOL 18.

Voici donc la règle à suivre pour ce cas de transposition écrite :

Voyez où est sur la portée du morceau la note qui porte le nom de la clef sur laquelle vous voulez transposer ; comptez de combien de degrés il faut déplacer cette note en montant ou en descendant pour qu'elle aille se placer sur la ligne de la clef choisie. Copiez le morceau en opérant ce déplacement sur toutes les notes. A la clef du morceau il faut substituer la clef voulue sans rien changer à l'armure ni aux signes accidentels.

Il ne reste plus qu'un cas à examiner, c'est celui ou l'on voudrait transposer le morceau sur une clef choisie et sur un ton nouveau. Ce cas se ramène facilement au précédent. En effet, si pour opérer le changement de clef, il faut, par exemple, monter les notes de trois degrés et s'il faut les descendre de deux degrés pour opérer le changement de ton il suffira de monter toutes les notes d'un degré, et de substituer la clef choisie et l'armure du nouveau ton, à la clef et à l'armure du morceau.

Par le premier cas de la transposition écrite, la portée et la clef restent fixes ; les notes se meuvent, elles sont transportées sur leur échelle fixe à un ou plusieurs degrés plus haut ou plus bas. Par la transposition à vue, ce sont les notes qui restent fixes et c'est l'échelle qui monte ou descend de plusieurs degrés en gagnant d'un côté les échelons qu'elle perd de l'autre ; c'est enfin une nouvelle échelle qui vient se placer sur les notes en repos , et cette échelle apporte sa clef avec elle.

Fig. 2.

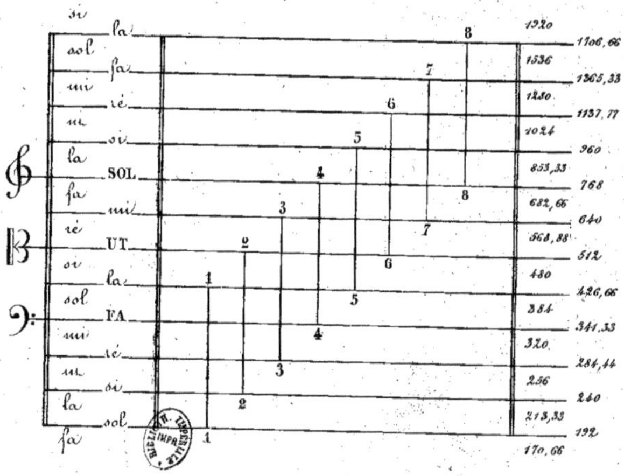
si
la
sol
fa
mi
ré
ut
si
la
SOL
fa
mi
ré
UT
si
la
sol
FA
mi
ré
ut
si
la
sol
fa
1920
1706,66
1536
1365,33
1280
1137,77
1024
960
853,33
768
682,66
640
568,88
512
480
426,66
384
341,33
320
284,44
256
240
213,33
192
170,66

Fig. 1.

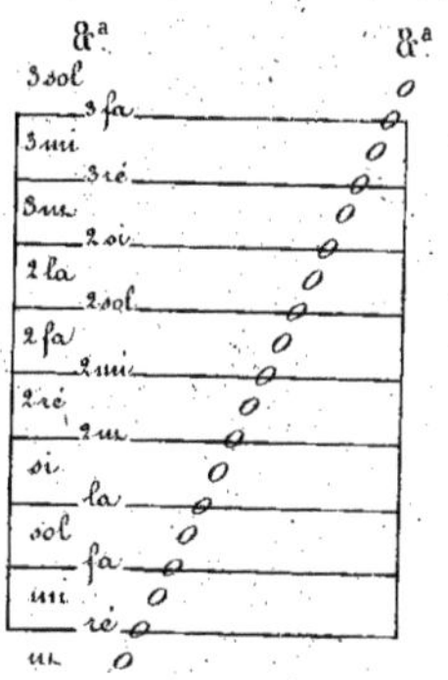
8a
8a
3 sol
3 fa
3 mi
3 ré
3 ut
2 si
2 la
2 sol
2 fa
2 mi
2 ré
2 ut
si
la
sol
fa
mi
ré
ut

A. — TABLEAU DES GAMMES RELATIVES EN MODES :

MINEUR.

Intervalles : $\frac{9}{8}$ · $\frac{16}{15}$ · $\frac{10}{9}$ · $\frac{9}{8}$ · $\frac{16}{15}$ · $\frac{9}{8}$

1	2	3	4	5	6	7	
sol♯♯c	la♯♯	si♯	ut♯♯c	ré♯♯c	mi♯c	fa♯♯c	12 dièses.
ut♯♯	ré♯♯	mi♯	fa♯♯	sol♯♯	la♯	si♯c	11
fa♯♯	sol♯♯	la♯	si♯	ut♯♯	ré♯	mi♯	10
si♯	ut♯♯	ré♯	mi♯c	fa♯♯	sol♯	la♯	9
mi♯c	fa♯♯	sol♯	la♯c	si♯	ut♯	ré♯	8
la♯c	si♯	ut♯	ré♯c	mi♯c	fa♯c	sol♯	7
ré♯	mi♯	fa♯	sol♯	la♯	si	ut♯c	6 dièses.
sol♯	la♯	si	ut♯	ré♯	mi	fa♯	5
ut♯	ré♯	mi	fa♯c	sol♯	la	si	4
fa♯c	sol♯	la	si_c	ut♯	ré	mi	3
si_c	ut♯	ré	mi_c	fa♯_e	sol_e	la	2
mi	fa♯	sol	la	si	ut	ré_c	1
la	si	ut	ré	mi	fa	sol	0
ré	mi	fa	sol_c	la	si♭	ut	1 bémol.
sol_c	la	si♭	ut_c	ré	mi♭	fa	2
ut_c	ré	mi♭	fa_c	sol_c	la♭c	si♭	3
fa	sol	la♭	si♭	ut	ré♭	mi♭	4
si♭	ut	ré♭	mi♭	fa	sol♭	la♭	5
mi♭	fa	sol♭	la♭c	si♭	ut♭	ré♭	6
la♭c	si♭	ut♭	ré♭c	mi♭	fa♭	sol♭	7
ré♭c	mi♭	fa♭	sol♭c	la♭c	si♭♭c	ut♭	8
sol♭	la♭	si♭♭	ut♭	ré♭	mi♭♭	fa♭c	9
ut♭	ré♭	mi♭♭	fa♭	sol♭	la♭♭	si♭♭	10
fa♭	sol♭	la♭♭	si♭♭c	ut♭	ré♭♭	mi♭♭	11
si♭♭c	ut♭	ré♭♭	mi♭♭c	fa♭	sol♭♭	la♭♭	12 bémols.

MAJEUR.

Intervalles : $\frac{9}{8}$ · $\frac{9}{8}$ · $\frac{16}{15}$ · $\frac{9}{8}$ · $\frac{10}{9}$ · $\frac{9}{8}$

1	2	3	4	5	6	7	
si♯	ut♯♯c	ré♯♯c	mi♯c	fa♯♯	sol♯♯c	la♯♯	12 dièses.
mi♯	fa♯♯	sol♯♯	la♯	si♯c	ut♯♯	ré♯♯	11
la♯	si♯	ut♯♯	ré♯	mi♯	fa♯♯	sol♯♯	10
ré♯	mi♯c	fa♯♯	sol♯	la♯	si♯	ut♯♯	9
sol♯	la♯c	si♯	ut♯	ré♯	mi♯c	fa♯♯	8
ut♯	ré♯c	mi♯c	fa♯c	sol♯	la♯c	si♯	7
fa♯	sol♯	la♯	si	ut♯c	ré♯	mi♯	6 dièses.
si	ut♯	ré♯	mi	fa♯	sol♯	la♯	5
mi	fa♯c	sol♯	la	si	ut♯	ré♯	4
la	si_c	ut♯	ré	mi	fa♯c	sol♯	3
ré	mi_c	fa♯c	sol_c	la	si_e	ut♯	2
sol	la	si	ut	ré_c	mi	fa♯	1
ut	ré	mi	fa	sol	la	si	0
fa	sol_c	la	si♭	ut	ré	mi	1 bémol.
si♭	ut_c	ré	mi♭	fa	sol_c	la	2
mi♭	fa_c	sol_c	la♭c	si♭	ut_c	ré	3
la♭	si♭	ut	ré♭	mi♭	fa	sol	4
ré♭	mi♭	fa	sol♭	la♭	si♭	ut	5
sol♭	la♭c	si♭	ut♭	ré♭	mi♭	fa	6
ut♭	ré♭c	mi♭c	fa♭	sol♭	la♭	si♭	7
fa♭	sol♭c	la♭c	si♭♭c	ut♭	ré♭c	mi♭	8
si♭♭	ut♭	ré♭	mi♭♭	fa♭c	sol♭	la♭	9
mi♭♭	fa♭	sol♭	la♭♭	si♭♭	ut♭	ré♭	10
la♭♭	si♭♭c	ut♭	ré♭♭	mi♭♭	fa♭	sol♭	11
ré♭♭	mi♭♭c	fa♭	sol♭♭	la♭♭	si♭♭c	ut♭	12 bémols.

MIXTE.

Intervalles : $\frac{16}{15}$ · $\frac{9}{8}$ · $\frac{10}{9}$ · $\frac{9}{8}$ · $\frac{16}{15}$ · $\frac{10}{9}$

1	2	3	4	5	6	7	
ré♯♯c	mi♯c	fa♯♯	sol♯♯c	la♯♯	si♯	ut♯♯c	12 dièses.
sol♯♯	la♯	si♯c	ut♯♯	ré♯♯	mi♯	fa♯♯	11
ut♯♯	ré♯	mi♯	fa♯♯	sol♯♯	la♯	si♯	10
fa♯♯	sol♯	la♯	si♯	ut♯♯	ré♯	mi♯c	9
si♯	ut♯	ré♯	mi♯c	fa♯♯	sol♯	la♯c	8
mi♯c	fa♯c	sol♯	la♯c	si♯	ut♯	ré♯c	7
la♯	si	ut♯c	ré♯	mi♯	fa♯	sol♯	6 dièses.
ré♯	mi	fa♯	sol♯	la♯	si	ut♯	5
sol♯	la	si	ut♯	ré♯	mi	fa♯c	4
ut♯	ré	mi	fa♯c	sol♯	la	si_c	3
fa♯c	sol_c	la	si_c	ut♯	ré	mi_c	2
si	ut	ré_c	mi	fa♯	sol	la	1
mi	fa	sol	la	si	ut	ré	0
la	si♭	ut	ré	mi	fa	sol_c	1 bémol.
ré	mi♭	fa	sol_c	la	si♭	ut_c	2
sol	la♭c	si♭	ut_c	ré	mi♭	fa_c	3
ut	ré♭	mi♭	fa	sol	la♭	si♭	4
fa	sol♭	la♭	si♭	ut	ré♭	mi♭	5
si♭	ut♭	ré♭	mi♭	fa	sol♭	la♭c	6
mi♭	fa♭	sol♭	la♭c	si♭	ut♭	ré♭c	7
la♭c	si♭♭c	ut♭	ré♭c	mi♭	fa♭	sol♭c	8
ré♭	mi♭♭	fa♭c	sol♭	la♭	si♭♭	ut♭	9
sol♭	la♭♭	si♭♭	ut♭	ré♭	mi♭♭	fa♭	10
ut♭	ré♭♭	mi♭♭	fa♭	sol♭	la♭♭	si♭♭c	11
fa♭	sol♭♭	la♭♭	si♭♭c	ut♭	ré♭♭	mi♭♭c	12 bémols.

B

Notes.	Valeurs exactes.	Valeurs selon le tempérament égal.	Différences.		Valeurs selon le tempérament de l'orchestre.	Différences.
	a	b	b — a		c	c — a
ut^a	3°„29	4c,65	+ 1c,36		4c,24	+ 0c,95
$ré^a$	12„77	13,95	+ 1,18		13,22	+ 0,45
mi^a	22„25	23,25	+ 1,00		23,16	+ 0,91
fa^a	27„44	27,90	+ 0,45		27,90	+ 0,45
sol^a	35„93	37,20	+ 1,27		36,89	+ 0,95
la^a	45„41	46,50	+ 1,09		45,87	+ 0,45
si^a	53„89	55,80	+ 1,90		55,80	+ 1,91
ut	0c„00	0c,00	0c,00			
$ré$	8„48	9,30	+ 0,82			
mi	17„96	18,60	+ 0,64			
fa	23„16	23,25	+ 0,09			
sol	32„64	32,55	— 0,09			
la	41„12	41,85	+ 0,73			
si	50„60	51,15	+ 0,55			
ut_b	51c„51	51c,15	— 0c36		50c,60	— 0c,91
$ré_b$	5„20	4,65	— 0,55		4,24	— 0,95
mi_b	13„68	13,95	+ 0,27		13,22	— 0,45
fa_b	18„87	18,60	— 0,27		17,96	— 0,91
sol_b	28„35	27,90	— 0,45		27,90	— 0,45
la_b	37„83	37,20	— 0,64		36,88	— 0,95
si_b	46„32	46,50	+ 0,18		45,86	— 0,45

www.ingramcontent.com/pod-product-compliance
Ingram Content Group UK Ltd.
Pitfield, Milton Keynes, MK11 3LW, UK
UKHW022304120726
13694UKWH00003B/1232